恩はあだで返せ

逢坂　剛

集英社文庫

目次

恩はあだで返せ

木魚のつぶやき

I

街に、夕暮れの気配が漂う。

斉木斉《さいきひとし》と梢田威《こずえだたけし》は、靖国《やすくに》通りに面した古書店一誠堂《いっせいどう》の角を曲がり、すずらん通りに向かった。

一誠堂の建物の横に、薄汚いワインレッドのヤッケを着た人間がすわり、壁にもたれかかっている。厚手のズボンをはき、フードを顔の前まで深く下ろしているので、一見しただけでは男とも女とも分からない。

斉木が言う。

「ウラテツだ。懲《こ》りない野郎だな、まったく」

それは、長い間この界隈《かいわい》を根城《ねじろ》にしている路上生活者で、言動が妙にインテリ臭いことから〈路地裏の哲学者〉、略してウラテツと呼ばれる男だった。

夏場でも、フードつきの汚いレインコートを着ているので、髭《ひげ》以外にだれも素顔を見た者がいない、といわれる。顔を見せたがらないのは、以前地元の明央《めいおう》大学で教授をしたことがあり、教え子に声をかけられるのを避けるため、というまことしやかな噂《うわさ》がある。もっとも、本気でそれを信じている者は、だれもいない。

梢田は、斉木の上着の袖《そで》に指をからめて、引っ張った。

「いいじゃないか。ほっとけよ」

「いや、一言注意してやる」

斉木は足を止め、ウラテツの前にしゃがみ込んだ。

「おい、ウラテツ。おまえ、この間通行人に因縁をつけて、二千円巻き上げたそうだな。迷惑はかけない、と約束したから大目に見てやってるのに、話が違うじゃないか」

ウラテツは、のろのろと首をもたげたが、フードが深すぎて顔は見えない。

「因縁だなんて、とんでもない。歩きながら、たばこを吸っているサラリーマンに、このあたりは歩行禁煙になってますって、注意してやっただけですよ。そうしたら、向こうから二千円払ってくれたんです」

ふだんから、なよなよした女っぽい口調だが、今日はその上に風邪《かぜ》でも引いたのか、声が妙に細い。

この地区では、路上や歩行しながらの喫煙が禁止され、違反者には二万円の罰金が、科せられる。今のところ、暫定的に十分の一の二千円に抑えられているが、いずれは満額を徴収されるはずだ。

「歩行禁煙は区の条例だから、区の監視員以外は罰金を徴収できないんだよ。おれたちデカだって、せいぜい吸ってるやつに注意するだけで、勝手に罰金なんか取ったら始末書を書かされる。その二千円、どこへやった」

「古本屋で、グラムシ全集の第三巻を見つけたので、買ってしまいました。区の条例順守に協力したわけですから、見逃してやってください」

斉木は首を振り、立ち上がった。

「今度から、金を受け取るんじゃないぞ」

それから梢田を見て、手を突き出す。

「五百円玉を一個よこせ」

梢田はあわてて小銭入れを探り、五百円硬貨を斉木の手に載せた。

斉木はそれを、膝《ひざ》を抱えたウラテツの肘《ひじ》の上に、そっと置いた。

「これで、ワンカップ大関でも飲め」

ウラテツがフードを少しずり上げ、髭だらけの顔を半分のぞかせて、礼を言う。

「どうも、すみません」

「人さまに、迷惑かけるんじゃないぞ」

そう言い残して、さっさと歩き出した。

梢田は、あわててそのあとを追った。

斉木が、暮れかかる空を見上げながら、しみじみと言う。

「いいことをすると、あとがすがすがしいな」

「よく言うぜ。あれは、おれの五百円玉だぞ」

梢田が文句を言うと、斉木はちちっと舌を鳴らした。

「けちなことを言うな。どうせ、競馬やパチンコで消える五百円玉なら、社会の役に立てた方がいい」

「分かった、分かった。ところで、グラムシってのは、どんな虫だ」

斉木が、梢田を見る。

「おまえ、アントニオ・グラムシを知らんのか」

「知らん。茶碗蒸《ちゃわんむ》しなら大好きだが」

斉木は、また首を振った。

「おまえは、ウラテツより長生きするぜ」

すずらん通りに出たところで、梢田は足を止めて正面の空を振り仰いだ。

「くそ。まったく、うっとうしいビルだな」

すずらん通りの南側に、二棟の新しい超高層ビルが空を圧するように、そびえ立っている。

斉木は、右へ曲がったところで立ち止まり、めんどくさそうに言った。

「できちまったものは、しかたがないだろう。さっさと歩け。日が暮れちまうぞ」

梢田は、しぶしぶ歩き出した。

「それにしたって、すずらん通りの南側は本屋の取り次ぎとか、小さなビルが建ち並ぶだけの、家並みの低い土地柄だった。それがどうだ。百メートルもあるビルが、二つもどんと建っちまって、すっかり日当たりが悪くなった。日照権の侵害だぞ」

「おまえ、この通りに家でも持ってるのか」

「持ってるわけがないだろう。住民になり代わって、苦言を呈しただけだ」

神田神保町《かんだじんぼうちょう》一丁目の、南側地区の再開発計画が決まったのは、バブルがはじける前のことだった。十年以上もたって、ようやく地元住民と移転の話し合いがつき、完成にこぎつけた。

オフィス棟と住居棟の、二棟に分かれた超高層ビルで、以前からあった飲食店など何割かの店が、テナントとしてはいっている。

通りが整備され、ビルの周囲にしゃれた遊歩道ができたりして、街の様相が一変した。そこだけ、まるで銀座《ぎんざ》通りのようだ。おかげで、歩くと背筋がくすぐったくなる。

斉木が言った。

「新しいビルが埋まると、これまで五千人だった昼間人口が一挙に三倍になって、周辺の店舗の売上が伸びる。開発業者によれば、街が明るくにぎやかになるから犯罪が減って、おれたち警察官の仕事も楽になるそうだ」

「ばか言え。人が増えれば、人口当たりの犯罪発生率は減るかもしれんが、発生件数は増える。それなのに、警察官の数はせいぜい横這《よこば》いか、へたをすると削減だ。当然、検挙率は下がる。街はますます、物騒になる。そんなことぐらい、小学生でも分かるぞ」

梢田が応じると、斉木は驚いたように顔を見た。

「いつの間に、そんな計算ができるようになったんだ」

「今度、巡査部長の試験を受けるから、勉強したのよ」

斉木が、ふんと鼻で笑う。

「また受ける気か。やめとけ、やめとけ。おまえは頭より、体力で勝負するタイプだ。なまじ勉強なんかすると、脳に変調をきたすぞ」

いつもながらの憎まれ口に、梢田はかりかりしながら白山《はくさん》通りに出た。

一時間ほど前、御茶ノ水《おちゃのみず》署生活安全課の保安二係のデスクに、匿名で苦情の電話があった。受けたのは、梢田だった。

電話してきた男によると、神保町の交差点付近で素性の怪しい男が、通行人を呼び止めてあれこれ説法し、迷惑をかけているというのだ。

梢田は、近くの交番へ行って巡査にその旨訴えるように、アドバイスした。

相手の男によれば、すでに交番には事情を告げて善処を申し入れたが、効き目がないという。巡査に追い払われても、問題の男はしばらくするともどって来て、また辻説法《つじせっぽう》を始めるらしい。

男は、そういうときのために税金を納めてるんだから、もどって来ないように早く追い払ってくれ、と捨てぜりふを残して電話を切った。かけてきたのは、神保町交差点の近くの公衆電話からだと分かったが、むろん相手を特定することはできない。

梢田が、確認のため神保町の交番に電話しようとすると、電話を聞いていた斉木がそれを制して、一緒に現場へ行ってみようと言い出した。仕事嫌いの斉木にしては、珍しいことだった。

もっとも、その理由はすぐに分かった。

部屋を出るとき、斉木は外出告知板に〈街頭指導NR〉と書き込んだ。

警察用語に、街頭指導などというあいまいな言葉はないが、街頭での迷惑行為をやめるよう指導する、という含みをもたせたのだろう。NRはノーリターン、つまり帰署せずそのまま姿をくらます、という意味だ。

ちょうど四時を回ったところで、神保町をぶらぶらしているうちに日が暮れ、そのまま勤務を終えても差し支えない時間になる。課長の松平政直《まつだいらまさなお》が、同じ保安二係の五本《ごほん》松小百合《まつさゆり》と一緒に、本庁の会議に出席していて不在なので、文句を言う人間もいない。

斉木は、その機会をフルに利用しよう、と考えたに違いない。

そうしたずるい考えに、梢田は基本的に反対しない主義なので、黙ってそれに従ったというわけだ。

並んで白山通りを渡り、〈救世軍〉の先の交番に向かう。

若い巡査が、二人を見て顔に緊張の色を浮かべ、敬礼した。

「どうも、ご苦労さまです」

梢田は敬礼を返し、百メートルほど離れた神保町の交差点に、顎《あご》をしゃくった。

「交差点の周辺で、だれかが通行人に迷惑をかけてるそうだな。どんなやつだ」

「は」

巡査はきょとんとして、首を前に突き出した。

「だから、どんな風体の男だ、と聞いてるんだ」

「男が、神保町交差点周辺で通行人に、迷惑をかけているのでありますか」

巡査は復唱して、一人で赤くなった。

「そうだ。どこかの野郎が通行人を呼び止めて、説教するか物を売りつけるか知らんが、とにかく迷惑行為を行なっている、という届け出があったはずだ」

巡査は、あたふたと執務ノートをめくったりしてから、気をつけをした。

「自分の立ち番勤務中に、そのような届け出はありませんでした。また、田崎《たざき》巡査長の立ち番勤務中にも、そうした届け出があったという記録は、見当たりません」

「田崎巡査長は、どこへ行った」

「現在、一ツ橋《ひとつばし》の日本教育会館へ行きたいという老婦人の車椅子《くるまいす》を押して、職務遂行中であります」

斉木が、梢田にかわって口を開く。

「届け出がなかったとしても、交差点付近で通行人に迷惑をかけてるやつに、気がつかなかったのか」

巡査は、交差点の方にちらりと目をくれてから、困ったような顔をした。

「気がつきませんでした。というか、ここから見たかぎりでは、通行人に迷惑行為を行なっている男は、今のところいないと思います」

梢田は斉木を見て、不本意ながら弁解した。

「電話をかけてきたやつは、確かに交番に届けたと言った。それでも効き目がないから、御茶ノ水署へ電話した、という口ぶりだった」

「ガセネタだったかもしれんな。どんなやつだった」

斉木に聞かれて、梢田は考え込んだ。

「どんなやつ、と言われてもなあ。四十がらみの男で、横柄なしゃべり方だったってこ

とお前とは最後まで話し合い、
まあ、取り返しのつかないことに

としか、覚えてない」

斉木は首を振り、梢田から巡査に目を移した。

「前に、神保町交差点付近でしつこく勧誘活動をする、新興宗教の教徒がいたな。連中は最近、現れないか」

「現れません。あの一派は、薄黄色の長い修行服を着ていますから、来ればすぐに分かります」

斉木は少し考え、梢田に顎をしゃくった。

「ぐるっと一回りして来い」

「ぐるっとって、どこをだ」

「神保町の交差点だ。靖国通りと白山通りの、四つの横断歩道を回って来るんだ」

「なんのために」

「いちいち、説明させるな。角かどに、風体素性の怪しいやつがいないかどうか、チェックして来いと言ってるんだ」

「この寒いのにか」

「一回りすりゃ、温かくなる」

「あんたは」

「おれはここで、おまえのために茶を用意しておく」

梢田は、腹の中でののしりながら、交番を出た。半コートの、毛皮がついた襟《えり》に深く顎をうずめて、交差点に向かう。

神保町は、靖国通りと白山通りの二本の幹線道路が交わる、混雑の激しい交差点だ。車道だけでなく、横断歩道も右へ左へ行き交う人びとで、いつも込みあっている。

梢田は、ひとまず角のみずほ銀行の広場で足を止め、あたりを見回した。宝くじの売場に、短い列ができているだけで、人の流れに滞りはない。人待ち顔に立つ者の中にも、怪しい風体の男はいない。

白山通りの横断歩道を渡り、角の書店の前にたむろする通行人をチェックしたが、やはり同じだった。週刊誌を立ち読みするＯＬらしき娘や、おしゃべりに夢中な女子学生の群れが、目につくだけだ。

信号待ちの通行人に交じって、今度は靖国通りを渡る。

すぐ目の前に、地下鉄の改札口におりる階段が口をあけており、そのとっつきで白いミニスカートをはいた女の子が、さかんに「よろしくお願いしまぁす」と連呼しながら、ティシュペーパーを配っている。

この寒空に、素足だった。

梢田は、少しの間そのすらりとした脚に見とれたが、思い直してまた横断歩道に向かった。ティシュ配りは、通行人の邪魔にまったくならないとは言えないが、警察に通報するほどの迷惑行為ではない。相手はかわいい女の子だし、迷惑というより大歓迎だ。

白山通りを渡る。

冷たい北風が、まともに横から吹きつけてくるので、半コートが胴にへばりついた。

通りを渡り切ると、角に面して大きなディスカウントショップがある。

携帯電話が並べられた店頭で、これまたミニスカートの女の子が黄色い声を張り上げ、セールスに励んでいる。やはり、素足だった。

見とれていると、水道橋《すいどうばし》方面から歩いて来た男が前で足を止め、いきなり梢田の方に体を振り向けた。

「あれ、あなたは」

そう言って指を振り立て、まじまじと顔を見つめてくる。

2

梢田威はたじろいだが、反射的に応じた。

「どうも」

とっさに、どこのだれだったか思い出そうとする。

髪を七三に分け、グレイのスラックスに茶のダッフルコートを着た、三十前後の男だ。

両手をこすり合わせながら、しきりに梢田の顔を眺め回す。

梢田は、少し気持ちが悪くなった。

「ええと、どなたでしたかね」

以前、どこかでお縄にしたやつかと思ったが、顔に見覚えがない。

男は唐突に、ぺこりと頭を下げた。

「どうも、田中です」

「いや、こちらこそ、どうも」

つい挨拶《あいさつ》を返したものの、この男は自分が知っている田中のうちに、はいっていない。

しかたなく、もう一度聞き返す。

「ええと、失礼。どちらの、田中さんでしたっけ」

「初対面です」

田中と名乗った男は、あっさり言い捨てた。首をひょこひょこさせながら、なおも梢田の顔のあちこちを、ためつすがめつする。

梢田は向かっ腹を立て、男を睨《にら》みつけた。

「なんだ、初対面だと。いきなり声をかけるから、てっきり知ってるやつかと思うじゃないか。いったい、なんの用だ。人の顔をじろじろ見て、無礼だぞ」

一息にまくしたてたが、田中はいっこうにひるまない。

梢田の目の前に、妙に細くて長い人差し指を立てると、熱心な口調で言った。

「今日一日、あなたの身に何か不愉快なことが、起こりませんでしたか」

梢田は面食らい、顎を引いた。

「不愉快なこと。どんな」

「上司に叱《しか》られたとか、買ったばかりの定期券を落としたとか、意に染まない出費を強いられたとか」

「いや、別に」

言いかけて、ふと斉木斉の顔が思い浮かぶ。

「そう言えば、ついさっき上司に五百円玉を出せと言われて、そのまま召し上げられたっけ。あれは、不愉快だった」

「それだ」

田中は指を振り立て、いきなり梢田の右手をぐいとつかみ、両手に包み込んだ。

「なんだなんだ」

梢田はもぎ離そうとしたが、田中はしっかりつかんで離さない。

「あなたの肩に、悪い霊が乗っています。それが見えたので、つい声をかけてしまったんです」

「悪い霊だと」

「そうです。そいつのおかげで、不愉快な目にあったんです。一分だけ、わたしにお祈りさせてください。霊を追い払いますから」

梢田は、当惑した。

「お祓《はら》いなら、間に合ってるよ。だいいち、お祓い料を持ってない」

「お祓い料は、いりません。これも、人助けですのでね。お祓いをしないと、悪霊が取りついたままになりますから、ますます不愉快なことが起きますよ。へたをすると、命にかかわるかも」

横断歩道を行き来する通行人が、いかにも邪魔臭いという風に二人を見ながら、通り過ぎて行く。

「おれは、そういうのは信用しない口でね。ほっといてもらおうか」

田中は、取り合わなかった。

「信用するとか、しないとかの問題じゃありません」

そう言って、白山通りに沿った歩道の端まで、梢田を引っ張って行く。

「おいおい、何をする気だ」

梢田が抗議すると、田中は真顔で言った。

「ですから、あなたの肩に乗っている悪い霊を、追い払うんです」

「ちなみに、悪い霊って、どんな顔をしてるんだ」

「そう、たとえばドーベルマンのような、凶暴な犬に似たやつです」

梢田は、ダックスフントそっくりの斉木の顔を、反射的に思い浮かべた。

ドーベルマンに比べると、ダックスフントははるかに締まりのない顔だが、犬には違いない。

もしかすると、斉木の悪霊がついているのかもしれないので、にわかにお祓いをしてもらう気になった。

「あまり、時間をとらせるなよ」

「すぐです。あっという間ですから」

田中は、てきぱきと梢田の手のひらを広げ、右手で拝むようなしぐさをしてから、そこに指先で何か書いた。

梢田は、くすぐったくなって手を引っ込めようとしたが、田中は離さない。

書き終わると、今度はその手を拳《こぶし》にして握らせ、また両手で包み込む。

「わたしと一緒に、目を閉じてください」

田中が目を閉じ、まじないらしき文句をつぶやき始める。

梢田は薄目をあけて、田中の様子をうかがった。顎のあたりに、ぽつぽつと不精髭《ぶしょうひげ》を生やしているが、いわゆる悪党面ではない。せいぜい、仕事に疲れた小役人、といったところだ。

ふと、通行人を呼び止めて説法する迷惑な男というのは、この男のことではないかという気がした。今のところ、金をもぎ取ろうとする気配はないが、ただでお祓いをするとは思えない。

だとすれば、いったい何が目的でそんなことをするのか、突きとめる必要がある。新興宗教の調伏《ちょうぶく》か、それともいかがわしいセミナーの勧誘か、どちらにしても迷惑度がひどければ、ほうっておくわけにいかない。

斉木のことはしばらくおいて、ともかく田中の言いなりになって様子をみよう、と決めた。

まじないを終えた田中が、かっと目を見開いて梢田の肩のあたりを、睨みつける。

「えしくでしみりぶす。えしくでしみりぶす」

怖い顔と声で、わけの分からぬ言葉を二度繰り返し、両手で梢田の半コートの両肩をぽん、ぽんと叩《たた》いた。

「悪霊は、退散したか」

梢田が聞くと、田中はむずかしい顔をして、うなずいた。

「当面は退散しましたが、あなたが薄目をあけていたのが災いして、いつまたもどるか分かりません」

田中は目をつぶっていたのに、どうしてこっちの薄目が分かったのだろう。

「いつもどってくるんだ」

「だいたい、いちばんもどってほしくないときに、もどってきます。二度ともどらないようにするには、ちょっとした工夫が必要です」

「工夫」

「ええ。印鑑、お持ちですか、今」

突然聞かれて、面食らう。

「そんなもの、ふだん持ち歩くか。ハンコ屋じゃあるまいし」

「わたし、ハンコ屋です。あなた、お名前は」

「梢田だ」

反射的に答え、憮然《ぶぜん》とする。いったい、この男は何者だろう。

田中は、いっこう無頓着《むとんちやく》に、続けた。

「コズエダ。木の梢に、田圃《たんぼ》の田ですか」

「そうだ」

ペースに乗せられて梢田がうなずくと、田中は指先で顎の不精髭をなでた。

「出来合いはないけど、ま、むずかしい字じゃないから、五分もかからないでしょう」

「何が」

「ハンコを彫るのに、です。さ、ご一緒にどうぞ」

「ハンコなんか、いらないよ」

梢田が言うと、田中はきっとなった。

「いけませんね。犬の悪霊を寄せつけないようにするには、象牙《ぞうげ》がいちばんなんです。わたしが彫った、特製の象牙のハンコをいつも身につけていれば、ドーベルマンもグレートデンもボルゾイも、ボクサーもブルドッグもマスチフも、いっさいあなたに手出しをしません」

「ダックスフントもか」

田中は、目をぱちぱちとさせた。

「もちろん、ダックスフントもチワワもポメラニアンも、全部です。ささ、こちらへどうぞ」

梢田の袖をとらえ、さっき渡ったばかりの白山通りの横断歩道に、引っ張って行く。

通りを越えると、今度は信号が青に変わった靖国通りの横断歩道へ、小走りに駆ける。

「おいおい、どこへ行くんだよ」

「つい、そこです。あと二十メートルほど」

田中は、梢田を先導して横断歩道を渡り終わり、靖国通りを駿河台下《するがだいした》の方へ向かった。

いつの間にか夕闇《ゆうやみ》が濃くなり、街灯やネオンの光がいちだんと、明るさを増している。

一誠堂の少し手前の車道に、濃紺の古いワゴン車が一台、駐車灯を点滅させたまま、停《と》まっていた。だれも乗っていない。

田中は、後部座席のドアをあけて、梢田を無理やり押し込んだ。

「ちょっと待て。どこへ連れて行く気だ」

「どこにも行きません。この中で、彫って差し上げます」

シートの中央に、黒いアタシェケースが置いてある。田中に押され、梢田はその上を乗り越えて、奥の席に尻《しり》を落とした。

あとから乗り込んだ田中が、アタシェケースの蓋《ふた》をあける。

象牙かどうか分からないが、少なくとも象牙色をした丸い印材がぎっしり、詰まっていた。

田中は、その中から何も彫ってない印材を取り上げ、小型の電動研削機のスイッチを入れた。

いきなり、マシーンの先端を印面に当てて、直彫りを始める。

あたりに白い粉が飛び散り、栗《くり》の花に似たむっとするにおいが、車内に満ちた。どうやら、象牙というのは嘘《うそ》ではないらしい。

「だれも、ハンコを彫ってくれなどと、頼んじゃいないぞ」

梢田は、あとあとのために念を押したが、田中は頓着しなかった。

二分もしないうちに、田中は電動研削機のスイッチを止めた。印面をぷっと吹き、詰まった象牙の粉を散らすと、上着の袖でこすった。

無造作に印肉をつけ、ポケットから取り出したメモ用紙に、ぽんと印面を押し当てる。

「どうです」

田中に促されて、梢田はメモ用紙を見た。

なんという書体か知らないが、いかにも由緒ありげな変体の漢字で、確かに〈梢田〉と彫ってある。恐るべき早わざだった。

「なるほど、みごとなものだな」

つい感心すると、田中がにっと笑う。

「そうでしょう。田中とか鈴木とかは、出来合いがあるんですが、梢田というのは珍しいですからね。はい、五万円いただきます」

梢田は目をむき、田中を睨みつけた。

「なんだと。こんなちっぽけなハンコで、五万円も取ろうってか」

「安いもんですよ。においで分かったと思いますが、この印材は無垢《むく》の象牙でしてね。これだけでも、三万くらいはします。その上、悪霊も逃げ出すご利益《りやく》があるんだから、ただみたいなもんじゃないですか」

これで、はっきりした。

田中は、無邪気な通行人を誘って車に連れ込み、即製の怪しげな印鑑を売りつける、キャッチセールスマンなのだ。匿名の電話は、この男のことを指していたに違いない。

梢田はおもむろに、警察手帳を引っ張り出した。写真つきの身分証と、バッジが一緒にセットされた、新しい手帳だ。

「おれは、御茶ノ水署生活安全課の、梢田巡査長だ。軽犯罪法第一条第二十八号相当、および道路交通法第四十五条違反の容疑で、事情を聴取する。署まで同行してもらおう」

田中は目を丸くして、手帳と梢田の顔を見比べた。

「刑事さんですか」

「そうだ。おれが、古書店組合から来たように見えるか」

田中は、はははと力なく笑ったかと思うと、次の瞬間後ろ手にドアを押し開き、尻から外へ飛び出した。

「ま、待て」

あとを追おうとした鼻先で、ばたんとドアが閉じられる。

梢田はドアに飛びついたが、田中がとっさに取っ手を操作したらしく、ロックされていた。

「くそ」

ロックをはずしながら、梢田は田中が一誠堂の横の路地に駆け込むのを、窓越しに確認した。

車を飛び出し、ガードレールを乗り越えて、あとを追う。

路地に駆け込んだとたん、ヤッケを着て少し先をのそのそ歩いて来る、ウラテツの姿が目にはいった。その向こうの十字路に、別の路地へ曲がり込んで行く田中の背中が、ちらりと見える。

「どけどけ、邪魔だ」

梢田がどなると、ウラテツはあわてたように右往左往して、逆に進路を塞《ふさ》ぐかたちになった。

体をかわそうとした梢田の肩に、ウラテツの肩がまともに当たる。

ウラテツはひっと声を上げて、そのまま仰向けに引っ繰り返った。

はずみで梢田もたたらを踏み、アスファルトの上に四つん這いになる。

「くそ」

梢田はもう一度ののしり、跳ね起きて十字路に突進した。

角に達したときは、田中はすでに百メートルほど先を駆け抜け、突き当たりの道を左に曲がるところだった。

梢田が、息せき切ってそこへたどり着くと、田中の姿は影も形もなかった。

喉《のど》をぜいぜいさせながら、路地の角に設置された古書店の展示棚にもたれて、少しの間呼吸を整える。

それから、足元を乱しながら同じ道筋をたどって、一誠堂の横へもどった。

ウラテツの姿は、どこにもなかった。

靖国通りに出ると、例のワゴン車も消えていた。

3

しかたなく、暗くなった白山通りを渡って、交番にもどる。

「何してやがったんだ。茶を飲みすぎて、腹がだぼだぼになったぞ」

顔を見たとたん、斉木斉ががみがみ責め立てるので、梢田威は頭にきた。

「容疑者を追いかけてたんだ。早く茶をいれろ」

言い返すと、斉木はきょとんとした。

「容疑者だと」

「そうだ。通行人につきまとって、迷惑をかけるやつが確かにいた。もう少しで、とっつかまえるとこだったのに」

梢田は、巡査がいれてくれたお茶を、がぶりと飲んだ。

「あちちち」

あまりの熱さに、思わず吐き出す。

斉木は椅子から飛び上がり、ズボンにかかったはねを払った。

「ばかめ。人のズボンの上に吐き出すやつが、どこにいる」

梢田は、ハンカチを出して口のまわりをふき、巡査に苦情を言った。

「何も、こんなにちんちんのお茶を出さなくても、いいだろうが」

巡査は、気をつけをした。

「申し訳ありません。斉木警部補どのが、舌の焼けるようなお茶でないと飲んだ気がしない、とおっしゃるものですから」

「おれは湯冷まし程度の、ぬるい茶が好きなんだ。覚えておけ」

梢田が言うのを、斉木はさえぎった。

「そんなことは、どうでもいい。容疑者に、逃げられたのか」

巡査が、興味津々で聞き耳を立てるのに気づいて、梢田は咳払《せきばら》いをした。

「おい、外へ行こう」

渋る斉木を、無理やり外へ引っ張り出す。

「巡査の前で、おれに恥をかかせる気か。あんたが一緒だったら、逃がしはしなかったんだ」

「わけを話せ、わけを」

斉木にせかされて、梢田は〈救世軍〉のわきのオープンテラスへ、場所を移した。

空いた席に腰を下ろし、先ほど来の出来事を詳しく話す。

「あの、ウラテツの野郎が邪魔しなけりゃ、追いついてたんだ。今度見かけたら、五百円玉を取り返してやる」

斉木は、親指の爪《つめ》を嚙《か》んだ。

「それで、靖国通りへ引き返したら、車も失《う》せていたわけか」

「そうだ。男を追いかけてる間に、仲間が動かしたのかもしれん」

「田中が路地を一回りして、車のところへもどったんじゃないのか」

梢田は、耳たぶを引っ張った。

そう言われれば、最後に後ろ姿を見たとき、田中はまた靖国通りの方へ、曲がったのだった。そのまま、一誠堂の前へ駆けもどった可能性は、十分にある。

それに気づいて、梢田はしゅんとなった。

斉木が、続けて聞く。

「ナンバーは」

「なんの」

「車のナンバーに、決まってるだろう」

梢田は、鼻をこすった。

「忘れた。というか、見なかった」

「ばかめ。そういうときは、無意識にでもナンバーを見て覚えるのが、デカってもんだろうが。そんな心がけじゃ、今度の巡査部長の試験も、落第だな」

さらに、しゅんとなる。

「こういう展開になるとは、予想しなかったんだ」

斉木は、おおげさにため息をついた。

「おまえのような、ドジな部下を持ったのが、おれの運の尽きだ。まあ、死人や怪我人《けがにん》が出なかったのが、せめてもの救いだがな」

それを聞いて、急に不安になる。

「ウラテツのやつ、おれとぶつかって引っ繰り返ったとき、頭でも打たなかったかな」

「やれやれ。怪我でもして訴えられたら、泣きっ面《つら》に蜂《はち》だぞ」

「おれがもどったときは、もういなくなっていたから、だいじょうぶだとは思うが」

「救急車で、運ばれたんじゃないのか」

「ばかを言え。とにかくあのハンコ屋は、もうこの界隈に立ち回らないはずだ。署に電話してきたやつも、これで納得するだろう」

斉木は椅子の背にもたれ、ぐっと腕を上に伸ばした。

「さて、一段落したところで、のぞいてみるか」

「のぞくって、何を」

「モクギョノツブヤキさ」

「モクギョの、なんだって」

「聞こえたろう。ぽくぽく叩く木魚が、つぶやくんだよ」

「なんだ、そりゃ」

「東京堂の裏手に、新しくできたバーだ」

「バー。聞いてないな。署へ、挨拶に来たか」

「手続きに来たはずだが、保安一係が受けたんだろう。なにしろ、銀座にいた美女が開いた店だそうだから、格が違うぞ」

「ほんとか。何時開店だ」

「午後四時だそうだ」

「四時だと。バーにしちゃ、ずいぶん早いな」

「その分、閉店も早いんだろう」

梢田は、腕時計を見た。

「そろそろ五時半だ。さっそく、行ってみようじゃないか」

銀座の美女と聞いたとたんに、ハンコ屋やウラテツのことなど、どうでもよくなった。

腰を上げて、また白山通りを渡る。

「そろそろ、再開発のオフィスビルに入居が始まったから、それを当て込んで開店したんだな」

このところ、すずらん通りを中心とした地域に、新規開店する飲食店が目立つ。〈木魚のつぶやき〉とやらも、その一つに違いない。

「本格的に入居したら、十軒や二十軒じゃ足りんだろう」

斉木がそう言って、曲がり角を指さす。

一本裏の道にはいり、探しながらぶらぶら歩いて行くと、千代田《ちよだ》通りに出る少し手前の左側に、小さな木魚のぶら下がった店が見つかった。白いペンキで、〈木魚のつぶやき〉と書いてある。

その下に、桟の細い格子戸が見えた。

「これだ。バーというより、居酒屋って店構えだな」

梢田が言うと、斉木もうなずく。

「どっちでもいい。ママが、ほんとに美女ならな」

「おれは、銀座の女ってのがほんとうなら、美女でなくても許す」

梢田は、期待に胸をふくらませながら、格子戸をあけた。

カウンターの中から、真っ赤な服を着た女が、顔を上げた。

「いらっしゃいませ」

梢田は、目から火花が散りそうになった。

正真正銘の、美女だった。

「おい、早くはいれ」

後ろから斉木に押されて、戸口にぽかんと立ち塞がっていたことに、やっと気づく。うなぎの寝床のような細長い造りで、L字形のカウンターにストゥールが七つほどの、狭いバーだった。

手前の角に、男の先客が一人いる。

ひびだらけの革ジャンパーを着た、妙に顔の青白い五十がらみの男だ。二人を見て、おどおどと目を伏せる。

梢田は、カウンターのいちばん奥に陣取り、斉木はその隣にすわった。

ママが、おしぼりを差し出す。

「最近、開店したばかりなんです。よろしくお願いします」

「ああ。なかなか、いい店じゃないか。さっそくだけど、〈木魚のつぶやき〉の由来は」

梢田が聞くと、ママは愛想笑いをした。

「みなさんに聞かれますけど、たいした由来はないんですよ。亡くなった父が、お寺の住職をしていて、木魚を叩きながらよく独り言をつぶやいていましたので、そうつけただけです」

「ふうん。念仏のかわりに、独り言とはおもしろいな」

「ええ、いいかげんな人でしたから。お客さまは、地元のかたですか」

「うん。御茶ノ水駅の方だが」

梢田が応じると、斉木が妙にぶすっとした顔で、付け加えた。

「おれたちは御茶ノ水署の、生活安全課の者だ。顔を覚えておいてくれ」

梢田は、のっけから名乗りを上げる斉木の気が知れず、膝をこづいた。

ママの頰《ほお》が一瞬こわばったが、すぐにまた愛想のいい笑顔にもどる。

「それはどうも、ご苦労さまです。このあたりは、銀座や新宿《しんじゅく》のような盛り場と違いますから、ごめんどうはおかけしないと思います」

派手な服を着ているが、なかなかしっかりした口ぶりだ。

梢田は、固まった雰囲気を和《やわ》らげようと、口を挟んだ。

「気にしないで、仕事をしてくれ。見回りを兼ねて、ときどき立ち寄らせてもらうから」

「よろしくお願いします」

ママは、カウンターの下から名刺を二枚取り出して、二人によこした。

桐生夏野、とある。

「きりゅう、なつのさんか」

「夏の野で、かの、と読みます。本名なんです」

「かのさんね。なかなか、いい名前だ。ぼくは、生活安全課の梢田威。木の梢に、田圃の田、威力業務妨害の威でタケシ、と読む。こっちは、小学校の同級生の、斉木斉君だ」

ぼくとか君とか、めったに遣わない言葉を口にしたので、少し舌がもつれた。

夏野が、目を輝かせる。

「あら、幼なじみでいらっしゃるんですか」

斉木は、肩をすくめた。

「ああ、不幸なことにな」

そう言って、無造作に名刺を取り出し、カウンターに置く。

夏野はそれを、両手で押しいただいた。

斉木の肩書は、警部補になっている。

ただの巡査長の梢田としては、上下関係をはっきりさせたくないので、自分の名刺は出さないことにした。

それを見透かしたように、斉木が言う。

「同級生といっても、こいつはまだ巡査長でね。巡査長は、長く勤めればだれでももらえる、お飾りみたいな肩書さ。今度、巡査部長の試験を受けるらしいが、どうせ落ちるに決まってる」

梢田は斉木の口に、便所掃除用のブラシを突っ込んでやろうか、と思った。

ぶすっとして言う。

「バーで、警察の制度や組織上の機密事項をしゃべるのは、服務規定に違反するぞ」

「機密でもなんでもないよ、おまえが昇進試験を八回すべったことはな」

険悪な空気を察したのか、夏野は斉木の名刺から目を上げると、割ってはいった。

「あの、何を召し上がりますか。初めてのお客さまには、最初の一杯をごちそうさせていただきますので」

「それじゃ、角をストレートで」

「バランタインの三十年だ」

梢田は、驚いて斉木の顔を見た。

ただと聞くと、なんでも高いものを飲みたがるのが、斉木の悪い癖だ。

夏野が、困ったような顔をする。

「そういう、お高いお酒は置いてないんですけど」

「どうしてだ。神保町の客には、もったいないと思ってるのか」

「やめとけ」

梢田は斉木をさえぎり、夏野に〈山崎〉のストレートでいい、と言った。

斉木は、おもしろくなさそうにストゥールをおりて、奥のトイレに行った。

梢田は、夏野にささやいた。

「気にしないでくれ。今日は、虫の居どころが悪いらしい。別に、悪気はないんだよ」

夏野が、屈託のない笑みを浮かべる。

「分かってますよ。そういうのには、慣れていますから」

口調がだいぶ、くだけてきた。

梢田は、夏野が注文の酒を用意する様子を、じっくり盗み見た。

年は三十前後か、背は百六十五センチほどありそうで、ほっそりした体型をしている。

髪を薄茶に染め、化粧はあまり濃くない。細面で鼻筋が通り、小さな口の脇《わき》にえくぼがある。

まったく、ふるいつきたくなるような美女だ。

なぜ、斉木の機嫌が突然悪くなったのか、心当たりがなくもない。

そもそも斉木は、気に入った女に出会うと逆に無愛想になる、といったかわいい性格の持ち主ではない。

おそらく、斉木の目には夏野のような典型的な美女は、美女と映らないのだろう。斉木の好みは、ブルキナファソへ行ったきり消息不明の、松本ユリのような厚化粧の女なのだ。しかも斉木は、ユリが部下の五本松小百合と同一人物だ、ということに気づいていない。

前に斉木が、ブルキナファソへユリに会いに行く、と言い出したことがある。

梢田は、小百合と知恵を巡らしてなんとか思いとどまらせたが、あのときはさすがにひやひやした。

斉木がもどるのを待って、夏野がショットグラスを前に置く。

「ママも、一杯やったらどうだ」

梢田が言うと、夏野はうなずいた。

「ありがとうございます。いただきます」

自分のショットグラスに、梢田と同じ角瓶を半分ほど注ぐ。

梢田は、カウンターの端にすわる革ジャンパーの男にも、声をかけた。

「あんたも付き合え」

男はびっくりして、ストゥールから転げ落ちそうになった。

あわててカウンターにしがみつき、情けなさそうな笑いを浮かべる。

「いえ、あたしはいたって、不調法でして」

「不調法で、バーに来るか。おれのおごりだ、付き合ってくれ。名前は」

「え」

「あんたの名前だよ」

男はおどおどしながら、ジャンパーの襟を掻《か》き合わせた。

「鈴木です。この裏に住んでます」

「そうか。ママ、注いでやってくれ」

夏野が、新しいグラスに注いだウイスキーを前に置くと、鈴木と名乗った男はぺこぺこしながら、手を伸ばした。

「乾杯」

梢田は掛け声をかけ、ぐいと酒を口にほうり込んだ。

しかし斉木は、一緒に飲もうとしない。

それに気づいて、梢田が文句を言おうと口を開きかけたとき、入り口の格子戸ががらがら、と開いた。

4

はいって来た客の顔を見て、梢田威はうろたえた。

戸口に立ったのは、生活安全課長の松平政直警部だった。

しかも、その後ろに警視庁生活安全部、生活安全総務課の管理官牛袋《うしぶくろ》サト警部と、五本松小百合の顔が見えたので、ますます驚く。

斉木斉も、三人がこんな場所にこういう組み合わせで、姿を現すとは予想していなかったとみえ、急いでストゥールから滑りおりた。

梢田も、あわててそれにならう。

松平は、げじげじ眉《まゆ》を上げたり下げたりしながら、うさん臭そうに二人を見た。

「こんな時間に、こんなところで、何をしてるんだ」

斉木は、丸めた手を口元にあてて、こほんと咳をした。

「ええと、つまり、管内で風俗営業店が新規開店したときは、できるだけ早めに視察に回る、と決めているものですから」

梢田も、うなずいてみせる。

松平は、わざとらしく腕時計を見た。

「まだ六時じゃないか。ちょっと、早すぎはしないかね」

「いえ、たった今、来たばかりです」

梢田が言うと、松平の後ろからサトが顔をのぞかせて、チェックを入れる。

「来たばかりにしては、グラスがからになっているわね、梢田さん」

弁解する前に、斉木が言った。

「こいつは、わたしが口をつけるより早く、飲んでしまったんです。そう、実際カウンターにすわらないうちに、もう飲んでいました」

様子を見かねたのか、桐生夏野がとりなすように言う。

「あの、そんなところではなんですから、カウンターの方にどうぞ」

それで松平は、戸口に立っていることに気づいたらしく、手近のストゥールにすわった。

入れ違いに、鈴木と名乗った男がぺこぺこ頭を下げながら、店を出て行く。

勘定を払わなかったが、夏野はありがとうございましたと声をかけただけで、別に呼び止めなかった。近所のなじみなので、ツケにしているのだろう。

サトが、隣のストゥールによじのぼろうとするのを見て、斉木は今まですわっていた席を梢田に押しつけ、自分はいちばん奥のストゥールに移った。

サトに腕をつかまれ、梢田はしぶしぶ隣にすわった。

サトが、説教がましい口調で言う。

「六時より早く、お酒を飲んだりしてはいけませんよ」

「分かってます。今日は、斉木係長が特別に許す、とおっしゃるので」

そう応じながら、梢田は斉木がさりげなく手を伸ばすのを見て、すかさず〈山崎〉がはいった目の前のグラスを取り、ぐいと一息にあけた。

斉木が、口の中で何かののしったが、聞こえぬふりをする。さすがに〈山崎〉は、角瓶よりうまい。

梢田は首を傾け、サトと松平の間で小さくなっている、小百合を見た。

「今日は、本庁で会議だったんですね、巡査部長」

小百合がおしぼりを使いながら、責めるような目で見返してくる。

「はい。たまたま、久しぶりに管理官と廊下でお会いして、ご一緒させていただくことにしました。管理官は課長とも、面識がおありでしたので」

いつもより、ことさら格式ばった口調だった。

小百合は自分より年上で、階級が下の梢田にていねいな口をきかれるのを、ことのほかいやがるのだ。

梢田は続けた。

「それにしても、巡査部長はよく知ってましたね、この店を。まだ開店して、間もないというのに」

小百合が恨めしげに、見返してくる。

向こうの端で、松平が言った。

「ここは、おれのなじみの店なんだ。ママとは、銀座以来の古い付き合いでな」

梢田はちょっとしらけて、松平と夏野を見比べた。

夏野が、このげじげじ眉と古いなじみとは、想像もしなかった。

梢田の目には、あまりうれしくなさそうに見える薄笑いが、夏野の口元に浮かんだ。

「そうなんです。ほかにも、前のお店に来てくださったかたの中に、今度そこの再開発のビルに移って来る、というお客さまが何人かいらっしゃるので、思い切ってここに開店したんです」

「ああ、なるほど。そういうわけね」

松平のなじみの女では、ここへ顔を出すのさえはばかられる気がする。梢田の期待は、急速にしぼんだ。

松平がビールを注文し、サトと小百合は水割りを頼む。

梢田と斉木も、さりげなく水割りに切り替えた。上司の前でストレートを、がぶがぶ飲むわけにはいかない。

ひととおり酒を用意したあと、夏野は申し訳なさそうに言った。

「すみません。裏から、お通しの煮物を取ってきますので、ちょっと失礼します」

体をかがめ、背後のくぐり戸をくぐって、外へ出て行く。建物と建物の間に、細い路地があるらしい。

サトが、子牛を生もうとする牝牛《めうし》のように身動きして、梢田に上体を寄せた。

「小百合さんのめんどうを、ちゃんと見てるんでしょうね、二人とも」

梢田は、サトのたくましい肩に押されて、斉木の方に体をずらした。それを斉木が、また押し返す。

「もちろんですとも。今や、五本松巡査部長はわが保安二係にとって、欠かせない戦力になりました」

「というより、うちの係では五本松だけが現場の戦力、といっても過言じゃないですな」

　はたから斉木が言ったので、梢田は気色ばんだ。

「そりゃ、どういう意味だ」

　保安二係は斉木、梢田、小百合の三人だけの、小所帯なのだ。

「言葉どおりの意味だ」

　平然と応じる斉木に、梢田が言い返そうとすると、松平が口を開いた。

「ところで、おれたちの留守中に、何か変わったことはなかったか」

　梢田は咳払いをして、とっさにとぼけた。

「ええと、別に何もありません。それで、自分たちは早めに」

　そう言いかけるところへ、斉木が押しかぶせるように割り込む。

「神保町の交差点で、ふらちな付きまとい行為をする男がいる、との通報を受けて出動したんですが、梢田がどじを踏んで取り逃がしました。それも、つい一時間ほど前のことです」

　松平のげじげじ眉が、ぴくぴくと動く。

「ほんとか、梢田」

「ええと、そんなこともあったような気がしますが、死人や怪我人が出たわけではないので、ご報告するほどのこともないと思いました」

一息にまくし立て、横目で斉木を睨みつける。

斉木は知らぬ顔で、そっぽを向いている。

「そうか。それならいい」

松平があっさり言ったので、梢田は拍子抜けがした。

斉木も、これには当てがはずれたとみえて、憮然とウイスキーをなめる。

夏野がくぐり戸から、小鍋《こなべ》を片手にもどって来た。

小百合が、ストゥールを滑りおりる。

「失礼します。携帯のバイブが、鳴りましたので」

そう言って、上着のポケットから携帯電話を取り出しながら、戸口に向かう。いろいろと、出入りの激しいバーだ。

「なんだか今夜は、警察の貸し切りみたいですな」

梢田は言ったが、だれも笑わなかった。

どうも、雰囲気がおかしい。自分だけ、同時通訳のヘッドフォンをはずされたような、疎外感を覚える。

松平が、取ってつけたように言った。

「このところ、管内では外国人グループによる空き巣、強盗が多発している。ことに、ここらあたりはオフィスが多いから、ビル荒らしが大はやりだ。ビルの管理人と密に連絡を取り合って、未然に防ぐ努力をしなければならん」

まるで、朝礼の訓示だ。

梢田も斉木も黙っていると、松平はむずかしい顔をして続けた。

「明日は一日、御茶ノ水駅周辺のビルを軒並み巡回して、防犯警備の状況を調べてくれ。四時には署にもどって、六時にはリポートを提出してもらいたい。おまえたち二人で、やるんだぞ」

梢田と斉木は、顔を見合わせた。

斉木が、体を乗り出す。

「二人じゃなく、五本松と三人でしょう」

「いや。五本松巡査部長には、特命で別の仕事がある。おまえたち、二人でやれ」

松平は、それで話は終わりだというように、げじげじ眉をぴくぴくとさせた。

小百合がもどったのをしおに、斉木が梢田を促してストゥールをおりる。

「明日の準備もありますので、お先に失礼します」

松平は、引き止めなかった。

「ああ、そうしてくれ。そのかわり、今日はおれのおごりにしておく」

それを聞いて、梢田は少し気持ちが晴れた。

5

翌日。

斉木斉と梢田威は、午前中から昼過ぎまで御茶ノ水駅周辺のビルを回り、防犯警備の担当者と情報を交換した。

小さなビルでは、ピッキングやカム送り、サムターン回しといった新手の侵入手口を防ぐ対策が、ほとんどとられていないことが分かる。ことに、オフィス仕様の小規模マンションでは、その傾向が強かった。

一段落したあと、お茶の水サンクレールの地下にはいって、遅めの昼食をとる。

食べながら、斉木が言った。

「ビルの巡回は、これでやめだ」

「どうしてだ。まだ、半分もやってないぞ」

「これを見ろ」

斉木は、ポケットから携帯電話を取り出し、すばやく操作して液晶画面を示した。

メールだった。

〈本日午後三時半から、専修大学前の交差点付近に張り込んでください。課長に気づかれないように。来れば分かります。五本松〉

梢田は、途方に暮れた。

「五本松。どういう意味だ、これは」

「分からん。ゆうべから、課長と牝牛が何か隠してるような、いやな雰囲気だった。五本松も、口止めされてるに違いない。このメールを見るとな」

そういえば昨夜、牛袋サトはともかく松平政直、五本松小百合の態度はどことなく、ぎこちないものがあった。

「このメール、いつ来たんだ」

「さっきおまえが、トイレに行ってるときだ。課長のやつ、おれたちの知らないとこで、何かたくらんでるような気がする」

「どんなことを」

「おれは、専修大学前の交差点付近で今日の三時半過ぎに、何か捕り物が行なわれると読んだ。その捕り物に、課長と五本松がからんでるんだ。課長は、その捕り物からおれたちをはずそうとして、ビル回りを言いつけやがったのさ」

「どうして、そんな汚いことをするんだよ」

「知るか。五本松は事情を知って、おれたちに黙っているのが心苦しくなったんだ。それできっと、メールをよこしたのさ」

「何をたくらんでるのかな」

「分からん。とにかくこの管内で、課長みずからおれたちを出し抜こうとは、たいした度胸だ。現場へしゃしゃり出るつもりなら、鼻を明かしてやろうじゃないか」

梢田は、松平のげじげじ眉を思い浮かべ、ちょっとためらった。よけいなことをして、不興を買いたくない気もする。

しかし、いざとなったら斉木の命令に従っただけだ、と言い張ればいい。

「よし、行ってみるか」

喫茶店で時間をつぶし、近くの洋品店で変装用の登山帽、ハンチングと、安物のマフラーを買う。

斉木は登山帽、梢田はハンチングを目深にかぶり、二人ともマフラーを顎の上まで巻いた。

専修大学前の交差点に着いたのは、三時二十五分だった。

斉木の指示で、梢田は角の文房具店のワゴンセールを眺めながら、見張りの態勢にはいる。斉木自身は、向かいのみずほ銀行のATMコーナーにもぐり込み、ガラス越しに様子をうかがうことになった。

二手に分かれて十分後、九段下《くだんした》から走って来た濃紺のワゴン車が、みずほ銀行の少し先で停車した。

見覚えのある車体に、梢田は思わず背伸びをした。

運転席のドアがあき、茶のダッフルコートを着た男がおりるのを見て、納得がいく。昨日、梢田に象牙の印鑑を売りつけようとして逃げた、例の田中という男だった。

梢田は、ちょっと迷った。

田中が、これから展開されるかもしれない捕り物に、関係あるのかどうか分からない。あるいは、昨日と同じように通行人の中からカモを探して、印鑑を売りつけるだけだろうか。

どちらにしても、昨日警察に追い回されたばかりなのに、また目と鼻の先に舞いもどるとは、太い神経をしている。今日こそ、とっちめてやらなければならない。

田中は、ガードレールをまたいで歩道に上がり、行き来する通行人を眺めている。神保町ほどではないが、この交差点もそこそこに人出がある。

梢田は携帯電話を開き、斉木を呼び出した。

「なんだ」

「あんたのいる銀行の外に、昨日逃げたハンコ屋がまたワゴン車で、乗りつけて来た。前の歩道で、カモをあさってるようだ。見えるか」

少し間があく。

「ああ、見える」

「どうする。とっつかまえるか」

「まだだ。捕り物に、関係があるかもしれん。はっきりするまで、ほうっておけ」

「分かった。あんたも、目を離さずにいてくれ」

「そいつに気をとられて、だいじなものを見逃すなよ」

「何が起きると思う」

「分かるか、そんなこと。切るぞ」

梢田は、携帯電話をしまった。

田中が、急に神保町方面に、歩き出す。

と、田中は反対側からやって来た中年の男の前に、ひょいと立ち塞がった。アタシェケースを持った、サラリーマン風の男だ。

田中が指を振り立て、何ごとか話しかけている。昨日、梢田に近づいて来たのと、同じやり口だった。

男は、いかにも小うるさそうに手を振り、田中の脇をすり抜けた。どうやら、うまく逃げたようだ。

田中は、別にばつの悪そうな様子も見せず、また歩道の上をぶらぶらし始めた。

梢田は田中を視野に入れたまま、ほかに何か不審な人物や怪しい動きがないかと、あたりに目を配った。

松平が、どこかに潜んでいる気配はない。ほかに、刑事らしき男の姿も見当たらない。

捕り物があると読んだのは、斉木の考えすぎだったのか。

田中が、また動く。

相手は、黒い鞄《かばん》を抱えた銀行員風の男で、田中が何か言う前にするりと身をかわし、横断歩道に向かった。

田中は、手持ち無沙汰《ぶさた》にきょろきょろして、次のカモを探し始めた。

そもそも、こうしたキャッチセールスはすでに手垢《てあか》がつき、だまされる者はめったにいない。梢田は少し、田中が哀れになった。

十五分ほどの間に、田中は七人の男女に声をかけ、全部失敗した。

梢田は、田中がどういう基準でカモを選んでいるのか、少し前から考えていた。年齢はまちまちだし、男女の区別もない。

しかし、七人目ではたと気がついた。

田中が話しかけるのは、毛皮襟のコートやジャンパーを着た通行人ばかりで、男も女も関係なかった。梢田自身も昨日、毛皮襟の半コートを身につけていた。

毛皮襟が、ポイントに違いない。

神保町方面から、ソフト帽に毛皮襟つきの革のロングコートを着た、かっぷくのいい男がやって来た。手に、アタシェケースをさげている。

田中が、もしその男に話しかけるようだったら、自分の読みが当たったことになる。

ソフト帽の男が近づくと、案の定田中はもたれていたガードレールから身を起こし、さりげなく歩道の中ほどに出た。

指を立てて、話しかける。

ソフト帽は立ち止まり、田中の言うことに耳を傾け始めた。八人目で、やっと手応《てごた》えのあるカモを、見つけたようだ。

田中は、昨日梢田に施したのと同じようなお祓いをして、ソフト帽の肩を両手でぽんぽん、と叩いた。

梢田は、せいぜいそこまででソフト帽も逃げるだろう、と予想した。

しかし、ソフト帽はわずかに躊躇《ちゅうちょ》の色を見せたものの、おとなしく田中のあとについて、ワゴン車に乗り込んだ。

「くそ」

何ごとも起こらず、待ちくたびれてしびれを切らした梢田は、ちょうど信号が青になったのを幸いに、文房具店を離れて靖国通りの横断歩道を、小走りに渡った。

向かいの、みずほ銀行のＡＴＭコーナーのガラスドアが開き、斉木が顔を出す。

梢田は顎をしゃくり、横断歩道を勢いよく斜めに突っ切ると、ワゴン車に駆け寄った。

後部ドアを引きあけ、田中の襟首をつかんで、車道へ引きずり出す。

「このやろう、よくも昨日は出し抜いてくれたな。もう、逃がさんぞ」

田中は喉を詰まらせ、手足をばたばたさせた。

「や、やめろ。おれは」

梢田は耳をかさず、田中をワゴン車の車体に押しつけて、そばに来た斉木に言った。

「おい、ほかの車がぶつかって来ないように、交通整理をしてくれ」

斉木が、ワゴン車の屋根の向こうを指さして、声を上げる。

「おい、カモが逃げて行くぞ。だいじな証人だ、つかまえろ」

「よし、あんたはこいつを頼む」

梢田は、田中を斉木の方へ突き放して、ガードレールを飛び越えた。ソフト帽の男は、ロングコートの裾《すそ》をひらひらさせながら、神保町の交差点方面へ駆けて行く。まるで、スケートボードにでも乗ったような、すごい勢いだった。

アタシェケースを振り回すので、歩いて来る通行人があわてて飛びのく。

その突進ぶりは、ただカモになっただけの無邪気な通行人、とは思えぬすさまじさだった。

梢田は、背後に歩道を駆ける複数の足音を、耳にした。

本能的に、何がなんでもつかまえずにはおかない、と肚《はら》を決める。

「待て。待ちやがれ」

そうどなったとき、行く手にワインレッドのヤッケを着た人影が、車道から歩道に乗り出すのが見えた。

とっさに、ウラテツだと分かる。

「おい、ウラテツ。そいつを、止めてくれ」

むだとは知りながら、梢田はどなった。

それが聞こえたのか、ウラテツが予想外にすばやい身のこなしで、ソフト帽の男の懐に飛び込む。

次の瞬間、ソフト帽とアタシェケースと男の体が、別々に宙に浮いた。

男が歩道に、頭から突っ込む。

ソフト帽が、一秒ほど遅れてくるりと舞い、男の体の上に落ちた。

梢田は、さらに遅れて落ちてきたアタシェケースを、地上すれすれで受け止めた。

歩道に乱れた足音が響き、男たちが束になって梢田に飛びつく。

押しつぶされた梢田は、死に物狂いでどなった。

「くそ、離せ。警察だ。離さんと、全員逮捕するぞ」

何度もわめくと、どっと重なったいくつかの体が動きを止め、やがて一つずつはがれるのが分かった。

梢田は、アタシェケースをしっかり抱えたまま、歩道にあぐらをかいた。

「どこのどいつだ、じゃまをしたのは。おれは御茶ノ水署の、梢田だぞ」

まわりを囲んだ、人相の悪い男たちの一人が、当惑したように言う。

「われわれは、警視庁生活安全部の者だ」

6

その夜、午後十一時過ぎ。

斉木斉と梢田威が〈木魚のつぶやき〉に行くと、隣の建物との間の幅五十センチ足らずの路地から、ワインレッドのヤッケを着ただれかが出て来た。

梢田は、その肩を叩いた。

「おう、ウラテツ。今回は、世話になったな。騒ぎに紛れて、礼を言いそびれちまった」

「はあ」

ウラテツが、あいまいな声で応じる。

斉木は無造作に、深くおおいかぶさったフードを、ぐいと引き上げた。

梢田は、薄暗い街灯の明かりに浮かんだその顔を見て、目をむいた。

ウラテツは、不精髭を生やしておらず、顎も頬もつるんとしていた。

しかもその顔には、見覚えがあった。つい昨日の夜、この店で無理やり乾杯に付き合わせた、鈴木と名乗る男だった。

「あんた、鈴木さんじゃないの。この裏に住んでる、とかいう」

「裏というか、この界隈です。名前は、勘弁してください。鈴木でも田中でも、なんでもいいんです」

田中と聞いて、梢田は少しいやな気分になった。

斉木が言う。

「おまえ、昨日ここで飲んでいたな。そんなに、無駄遣いしていいのか」

「すみません。長いこと、バーのカウンターで飲むようなぜいたくを、してなかったものですから。それじゃ、これで」

ウラテツは頭を下げ、ひょこひょこと闇に姿を消した。

その背中を見送りながら、斉木が言う。

「あいつに、ソフト帽を投げ飛ばせるわけは、ないよなあ」

「あたりまえだ」

実際に、ソフト帽の男を投げ飛ばしたのは、五本松小百合だ。

格子戸をあけると、カウンターから当の小百合が、顔を振り向ける。

「すみません、今夜はもう」

桐生夏野はそう言いかけたが、梢田の顔を見て言い直した。

「いらっしゃいませ」

梢田は中にはいり、小百合の隣のストゥールにすわった。斉木も、その反対側によじのぼる。

「あのソフト帽、なんといったかな、ええと」

梢田が言いよどむと、小百合は助け舟を出した。

「大宮。大宮昌之」

「そう、大宮だ。アタシェケースの中に、MDMA（合成麻薬の一種）が五千錠もはいっていた。きみがメールをくれたおかげで、手柄を本庁に独り占めされずにすんだよ」

「すみません、早くご報告すればよかったのに」

小百合は、下を向いた。

斉木が、いやみな口調で言う。

「まあ、課長にこっそり手を貸せと言われたら、断れんからな」

「課長は、本庁にもどりたいために係長や梢田さんを利用して、生活安全部に手柄を立てさせようとしたんです」

「しかしあの牝牛、というか牛袋管理官までこの件に荷担するとは、どういうことだ。おれたちは、五本松のれっきとした上司と、同僚なのに」

「いえ、荷担したわけじゃありません。管理官は、松平課長と警察大学で同期だったので、黙認しただけです」

「どっちでも、同じことだ」

斉木はそう言って、不機嫌そうにビールを飲んだ。

梢田は、どうせそんなところだろうと思っていたので、驚きはしなかった。

「それはともかく、あの田中の襟首をつかんで引きずり出したときは、気持ちがよかったぜ」

そう言って、注がれたビールを飲む。

あとで分かったことと、小百合の打ち明け話を総合すれば、こういう筋書きだ。

田中、と名乗ったダッフルコートの男も、本庁生活安全部の刑事だった。趣味で、篆《てん》刻《こく》をやっている、という。

田中は、MDMAの売人から押収した携帯電話を使い、その売人の後継者を装って仕入れ先の大宮昌之に、オトリ捜査をかけようとした。それが、昨日のことだ。

田中は、神保町の交差点で夕方大宮と取引する約束をし、印鑑のキャッチセールスにかこつけて、接触を図ろうとした。大宮は目印として、毛皮襟のついたコート類を着て現場に来る、ということになっていた。

むろん、大宮がすなおに初見の相手と、取引するはずはない。ひとまず、物陰から様子をうかがうことは、想像にかたくなかった。それをどうクリアして、大宮に田中を信用させるかが、逮捕に向けての最大の難関だった。

松平政直は、御茶ノ水署管内の生活安全担当の責任者として、本庁に呼ばれた。そのとき、松平は小百合に因果を含めて本庁へ帯同し、生活安全部のスタッフとの協議に、一枚嚙ませた。

「それにしても、課長が五本松のことをおれや梢田より信頼できる、と考えたのはどういうわけだ」

斉木がからむと、小百合は肩をすくめた。

「信頼できる、できないの問題じゃない、と思います。課長は、女性警察官の方が上司の命令に忠実で、口が堅いと信じただけでしょう」

それはもろくも、崩れ去ったわけだ。

話を聞いた松平は、たまたまその日梢田が毛皮襟の半コートを着て、署に出勤したことを思い出し、一計を案じた。

署に、匿名電話をして梢田を現場に行かせ、田中と接触するように仕向ける。

田中は、キャッチセールスの手順にしたがって、象牙の印鑑を売りつける。

単純な梢田は、かならずその場で身分を明かして、田中を署へ引致しようとするに違いない。そこで田中は、風を食らって逃げ出す。

「梢田さんは一本気なので、しゃにむに追いかけてくるに違いない。だから、あのブロックを一回りしてもどれば、田中刑事はまた車に乗って逃げられる、と課長はおっしゃいました」

　小百合の説明を聞いて、斉木がくすくす笑い出す。

「一本気というのは、単純な性格をお上品に言っただけだぞ」

「うるさいな。ウラテツさえ邪魔しなけりゃ、あいつに追いついてたんだ」

「追いついたんじゃ、せっかくの仕掛けが水の泡だ。どこかで見張ってる大宮に、田中は警察に追われながらうまく逃げおおせた、というところを見せるのが目的だからな。それを見れば、大宮も田中を信用する」

　斉木が言うと、小百合はうなずいた。

「おっしゃるとおりです。そのためにも、梢田さんが田中刑事に追いつかないように、邪魔をする必要がありました。だからわざと、ぶつかったんです」

　梢田は、苦笑した。

「きみは、昨日おれたちが職質したとき、すでにウラテツのヤッケを着込んで、やつになりすましていたのか」

「ええ。不精髭のつけ髭だけで、お二人ともだまされましたね」

　斉木が、首を振る。

「そこまでやるか」

「おかげで、今日の仕切り直しに大宮が乗って来て、逮捕できたんです。お二人のお手柄だ、と思います」

「それにしても、五本松があれほど柔道が達者だったとは、知らなかったぞ」

「いえ、ほんのまぐれです」

何が、まぐれなものか。小百合の実力は、あれどころではない。

斉木が、納得のいかない顔をするのに、梢田は急いで割り込んだ。

「しかし、どうしてウラテツに、不精髭を剃《そ》らせたんだ」

小百合も、救われたように応じる。

「だって、普通の服を着てこのお店で待機させるのに、路上生活の風体のままというわけには、いかないでしょう。裏の着替え室で、五本松と入れ替わるんですもの。床屋さんと銭湯にも、行かせなくちゃならなかったし、大変でした」

「よほど、謝礼をはずんだんだろう。伸ばした髭には、愛着があるものだからな」

「まあ、そこそこには」

ウラテツが、ここで只酒《ただざけ》を飲んでいたのも、当然だ。

梢田は、夏野を見た。

「あんたも、よく承知したな」

夏野が、くるりと瞳《ひとみ》を回す。

「課長の頼みだから、しかたないですよ」

斉木はビールを飲み、様子を探るように言った。

「それにしても、課長の古いなじみのあんたの前で、こんな話をしてよかったかな」

「いいんです。告げ口したり、しませんから。わたしはむしろ、五本松さんが課長の言いなりになって、同僚をこけにしなければいいのに、と心配してたんです。ことに、ゆうべお二人がここへ見えてから、ますますそう思いました。斉木さんも梢田さんも純粋で、すごくすてきなかたなんですもの」

梢田は、くすぐったくなった。

斉木が、猜疑心《さいぎしん》のこもった目で、夏野を見つめる。

「いったいどこを押せば、そんな歯の浮くようなお世辞が出るんだ」

夏野が、にっと笑う。

「だって、課長があの二人は管内のバーや居酒屋で、酒を只飲みするのが得意だから、気をつけるようにとおっしゃるんです」

小百合がくすくすと笑ったので、梢田は体の向きを変えた。

「思い出したぞ、五本松。斉木から受け取った、おれの五百円玉を返してもらおうか」

欠けた古茶碗

I

すごい人出だ。

梢田威は、まだ会場にはいらないうちにうんざりして、斉木斉を見返った。

「おい、これじゃ、見る気にもなれんぜ。お茶でも飲んだ方が、よくないか」

「ばか言うな。せっかく、署をエスケープして来たのに、あきらめられるか」

「しかし、これじゃ正月の明治神宮と同じで、はいっても身動きが取れないぞ」

「おまえが先に立って、じゃまなやつを押しのけるんだ。おれは、おまえのあとをついて行く」

「くそ、調子がいいぞ」

「部下は、上司のために身を粉《こ》にして働くもの、と決まってるんだ」

斉木はそう言って、人込みに顎《あご》をしゃくった。

梢田は、口の中でぶつぶつつぶやいたが、それ以上文句を言うのをやめた。言ったところで、弁の立つ斉木にかなうわけがない。

二人は、管内巡回と称して御茶ノ水署を抜け出し、錦華《きんか》公園で初めて開かれるがらくた市に、やって来たのだ。どこだかの慈善団体が、古物や骨董《こっとう》を売る者を集めて出店料を取り、上がりの何割かを区の施設に寄付する、というお決まりの催しものだ。

それにしても、斉木ががらくた市などに興味があるとは、考えもしなかった。

以前、東京古書会館の古書市へ出向いたことがあるが、あのときも斉木は別に古書に興味があって、足を運んだわけではない。古書店の手伝いをする、松本ユリを通りすがりに見初《みそ》め、顔を見に行っただけなのだ。

その伝でいうと、斉木は新たに古物骨董関係の女に目をつけ、市に足を運ぶ気になったのかもしれない。

どちらにせよ、斉木の気まぐれに付き合うのは、もう慣れっこになっている。

梢田は先に立ち、入り口の人込みを押し分け掻《か》き分けして、錦華公園の中にはいった。何がおもしろいのか、ただでさえ狭い公園にどっと人が押しかけ、くしゃみもできない状態だ。

それでも、入り口周辺の混雑に比べると、中の方はいくらかましだった。

目の前に張られたロープの下で、ぺらぺらの生地でできたワンピースや、色を染めそこなったようなTシャツが、風にぶらぶら揺れている。

梢田は一息ついて、斉木を振り返った。

「とりあえず、ここをのぞいてみるか。人も少ないし」

「ばかやろう。そんな古着屋に、用はない。おれは、骨董を探しに来たんだ」

梢田は顎を引き、斉木の顔をつくづくと見直した。

「首が抜ける雛人形《ひなにんぎょう》とか、抜けない短刀とか、切れないノコギリとか、そんなものを買って、どうするんだよ」

斉木が、じろりと見返してくる。

「おまえ、落語の〈道具屋〉を聞いたな」

「ああ、聞いたがどうした。おれは、死んだ小《こ》さんの、ファンだったんだ」

「おまえは、小さんより長生きするぞ。とにかく、首の抜ける雛人形でもなんでもいいから、骨董を出してる店を探せ」

「分かった、分かった」

梢田は、たかっている人びとの頭越しに、中をのぞいて歩いた。

地面にゴザを敷いて、どう見ても怪しげなものを置き散らかした、どう見ても怪しげな風体の男や女が、すわっている。買う方も、それと承知でひやかすのだろうから、別に文句はないのかもしれない。

「しかしどの店も、売ってるのは骨董どころか古道具ともいえない、がらくたばっかりだな。買うやつがいるのか」

「ほかの客が、そんな風に決めてかかるところに、こっちのつけ入る隙《すき》がある。このがらくたの山の中にも、あっと驚くようなお宝が一つや二つは、まぎれ込んでいるはずだ。それを、掘り当てようってわけさ」

梢田は、斉木を見た。

「おい、本気か」

「本気だ。たとえば、五百円で掘り出した汚い絵が、ピカソの習作だったりしてみろ。十万倍で売れるぞ」

「十万倍というと、一、十、百、千、万」

指を折って数えるうちに、分からなくなった。

「五千万だよ、五千万。へたすりゃ、一億円にもなるぞ」

斉木に言われて、梢田は首を振った。

「おれも長生きするけど、あんたも負けてないなあ」

斉木が、顎をしゃくる。

「おい、そこに少しばかり、骨董がある。ひやかしてみよう」

梢田がのぞき込むと、地面に敷かれた青いビニールシートの上に、古道具が見えた。

ほかの客を強引に押しのけて、いちばん前に割り込む。

どこから探してきたのか、妙ちきりんな骨董や道具類がなんの脈絡もなく、雑然と置き並べてある。

戦前ものらしい、てっぺんが丸いラジオ。

錆《さび》だらけの、ごついアイロン。

受話口と送話口が別々になった、古い壁掛け電話。

ソニーの前身、東京通信工業時代の、テープレコーダー。

手回し蓄音機と、むき出しのまま積み重ねられた、ＳＰレコード。

印刷ものらしい版画、錦絵《にしきえ》、浮世絵の類《たぐい》。

汚い皿に箸《はし》、箸置き。

古い万年筆にインク壺《つぼ》、ブロッター。

古いバッジやメダルの類。

がらくたの真ん中にすわるのは、赤いバンダナに丸いサングラスをかけた、髭面《ひげづら》の若い男だった。男は、そばに置かれたラジカセから流れる奇妙な音楽に合わせ、体をひょこひょこ揺すっている。

シートの前にすわり込んだ梢田は、傷だらけの鎌倉彫《かまくらぼ》りの盆を手に取った。

すかさず、髭面の男が言う。

「五千円」

梢田は首を振った。

「こんなキズモノが、五千円もするかよ」

「二千五百円」

いきなり、半額に下げてくる。

「まだ高い。どろぼうみたいなもんだぞ」

「千円」

梢田は、盆をもとの場所にもどし、並んですわった斉木に言った。

「こうやって値切っていくと、そのうちただになるかもな」

「値段の交渉をするのも、こうしたがらくた市の楽しみなのさ」

斉木は、そのあたりのがらくたを見回していたが、ふと梢田の右手に並んだ陶器類の山を、顎で示した。

「その、汚い茶碗《ちゃわん》を取ってくれ」

梢田は手を伸ばし、花模様の描かれた比較的きれいな茶碗を、取ろうとした。

「それじゃない、その隣のやつだ」

斉木が注文をつけたのは、ずん胴の黒い小鉢だった。

「これが茶碗か。煮物とか肉ジャガとかを入れる、小鉢じゃないか」

「おまえが、ふだん大飯を食らう茶碗とは、茶碗が違うんだよ。そいつは、抹茶を飲む茶碗だ。早く取れ」

「そう、せかすな」

梢田が手を伸ばすと、横からいきなり別の手が割り込んできて、茶碗を取ろうとする。

梢田は、反射的にその手を払いのけて、茶碗をつかんだ。

負けずに、払いのけた手がまた伸びて、茶碗の反対側をつかむ。

手と手で、引っ張り合いになった。

「このやろう、手を離せ。おれが先だぞ」

梢田は文句を言い、もう一つの手の主を見た。

紺の着物を来た、胡麻塩頭《ごましおあたま》の初老の男だった。

男は、まるで親の敵《かたき》にでも出会ったような目で、梢田を睨《にら》んだ。

「わたしが先に、見つけたんですよ」

「どっちが先に見つけようが、先につかんだ方が勝ちだ」

「一万円」

そう声がかかり、梢田は驚いて髭面の男の顔を見た。

2

「この汚い茶碗が、一万円だと」

初老の男が、急いで茶碗から手を離し、懐に手を入れる。

梢田威は、こんなものに一万円も出すのはごめんだと思い、あわてて茶碗をもどそうとした。

その肩を、斉木斉が押さえた。

「そいつを離すな」

そう言うが早いか、髭面の男に一万円札を投げつけた。

髭面は、ひらひら舞う札を器用に受け取り、にっと笑った。

「毎度」

初老の男が、懐から引っ張り出した財布を手に、凍りついたようになる。

梢田は、斉木を見た。

「おい、正気か。こんなものに、一万円も払うなんて。それくらいなら、すずらん通りの〈なかや〉で、特上の鰻重《うなじゅう》をおごれ。三人前食っても、まだお釣りがくるぞ」

「おれが、おれの金をどう遣おうと、おまえの知ったことじゃない。そいつを、しっかり持ってるんだぞ」

梢田はため息をつき、髭面の男がよこした紙袋に茶碗を入れて、立ち上がった。

着物姿の男が、前に立ちはだかる。

「すみません。その茶碗を、二万円で譲っていただけませんか」

梢田は紙袋を握り締め、相手の顔をつくづくと見た。

目が、怖いほど光っている。よほどこの茶碗が、気に入ったらしい。

倍の値段で売れれば、まるまる一万円が浮く勘定になる。特上の鰻重を、いやというほど食うことができる。

梢田は、斉木を見返った。

「どうする、こう言ってるが」

斉木が首を振る。

「だめだ。そんなはした金で、売る気はないね」

初老の男は、財布から万札をつかみ出した。

「でしたら、五万。五万でどうです」

鼻先に五万円を突きつけられ、梢田は喉《のど》から手が出そうになった。

「おい。売った方が、よくはないか」

声が上ずってしまう。

斉木も、即答しかねる様子で、親指を嚙《か》む。

初老の男は、梢田の胸元に札を押しつけると、紙袋をつかんだ。

「それじゃ、取引成立、ということで」

あわてて札を押さえようとしたので、梢田は簡単に紙袋を引ったくられた。

初老の男が、すばやく人込みにまぎれようとするのを見て、斉木がどなる。

「おい、つかまえろ。まだ、売ると決めたわけじゃないぞ」

「しかし、この五万があれば、〈なかや〉の鰻重が」

「ばかやろう、早く追え。つかまえたら、死ぬほど食わしてやる」

梢田は札をポケットにねじ込み、初老の男のあとを追って走り出した。

後ろで斉木が、遠慮なしにわめく。

「どろぼうだ、どろぼうだ。その着物野郎を、とっつかまえてくれ」

どろぼうと聞くと、梢田は急にいつもの追跡本能が出てきて、じゃまな人だかりを突きのけ、蹴散《けち》らして、男のあとを追った。

その勢いに、群衆が二つに割れる。

錦華坂に通じる短い階段を、着物の裾《すそ》を乱して駆けのぼる男の姿が、人込みの間からちらりとのぞいた。

「待て」

そう呼びかけた梢田の目に、坂へ飛び出そうとした男の体が突然宙に浮き上がり、階段の下へ転げ落ちるのが見えた。

梢田は人込みを掻き分け、尻餅《しりもち》をついた男の着物の襟《えり》を、むずとつかんだ。

「このどろぼうめ、つかまえたぞ」

まわりの人びとが足を止め、何ごとかと二人を取り囲む。

紙袋を、しっかり胸にかかえた初老の男は、甲高い声で叫んだ。

「どろぼうとは失敬な。ちゃんと、お金を払ったじゃないですか。それも、たった一万円のがらくたに、五万円も」

梢田はぐっと詰まり、男を助け起こした。

「しかし、まだ商取引は成立してないぞ。領収証を渡してないからな」

男は、着物の汚れをはたいた。

「領収証はいりませんよ」

「そういえば、収入印紙がなかった」

梢田が言ったとき、女の声がかかった。

「どうしたんですか」

顔を上げると、階段の上から五本松小百合がおりて来て、ぽんぽんと手を払った。

それで、初老の男を下へ突き飛ばしたのは小百合だ、と分かる。

追いついた斉木が、小百合に声をかけた。

「何してるんだ、こんなとこで」

「何って、質屋回りの帰りに、通りかかっただけです。どろぼう、という声が聞こえたと思ったら、この人が駆け上がって来たものですから、反射的に」

突く動作をする。

男は、憤然とした。

「ぶ、無礼な。わたしは、どろぼうなんかじゃない。ちゃんと、金を払ってだな」

そう言いかけるのを、斉木は指を振り立ててさえぎり、梢田に合図した。

「返してやれ」

「何を」

「五万円に決まってるだろうが」

梢田は、しぶしぶポケットに手を突っ込んで、札を引き出した。

「ほんとに、返すのか。汚い茶碗より、こっちの方が役に立つと思うがな」

男が紙袋を、しっかりと握り締める。

「そうですよ。こんなものに五万円も払うなんて、わたしもどうかしてますよ」

斉木は、梢田の手から札をむしり取ると、男の懐に突っ込んだ。

「これは、おれが買ったものだ。あんたに売る気はない」

「ま、待ってください」

抵抗する男の手から、無理やり紙袋を取り上げる。

男は食ってかかった。

「一度金を受け取っておきながら、売らないはないでしょうが」

「受け取ったわけじゃない。あんたが、勝手に押しつけたんだ」

梢田が文句を言うと、男はこめかみのあたりをぴくぴくさせながら、居丈高に応じた。

「あんたたちがそういう態度なら、一緒に警察へ行ってもいいんだぞ」

「じゃ、ついて来い。おれたちは、御茶ノ水署の生活安全課の者だ」

斉木はうそぶき、写真入りの新しい警察手帳を、開いて見せた。

男が、信じられないという顔で、三人の顔を見比べる。

「あんたたち、いや、あなたたちは、警察のみなさんですか」

梢田はうなずいた。

「その、みなさんだ。おれは梢田、こっちが斉木係長、そっちが五本松巡査部長だ。あんたの名前は」

「は」

きょとんとした顔に、梢田は大きな体をのしかからせた。

「は、じゃないだろう。おれたち警察官に名乗らせておいて、自分の名前を言わないつもりか」

初老の男はそわそわして、周囲の人だかりに目を向けた。

「ええと、ハムラソウハチです」

「コチュウテンの、ハムラソウハチか」

斉木が聞き返すと、男はしかたなさそうにうなずいた。

「そうです」

梢田は、顎をつまんだ。

どこかで、聞いたような名前だ。横顔にも、なんとなく見覚えがある。

しかし、思い出せなかった。

「どういう字を書くんだ」

梢田が聞くと、男は急にむっとしたような顔になった。

「羽田《はねだ》の羽に村、宗教の宗に数字の八です」

まるで、知らない人間がいるとは思わなかった、とでも言いたげな口ぶりだ。

梢田の頭に、一応〈羽村宗八〉という字が浮かんだものの、やはり思い出せなかった。

斉木が言う。

「とにかく、これを売る気はないんだ。文句があるなら、御茶ノ水署へ来てくれ」

羽村と名乗った男は、胸をそらして着物の襟を直した。

「どうぞ、ご勝手に。たいした茶碗じゃないが、あんたたちが持っていても役に立たないものだから、引き取ってあげようと思っただけですよ。わたしの店は、電話帳に載っている。気が変わって、小遣いを稼ぎたくなったら、連絡をくれたまえ」

そう言い残すと、また会場の中へ引き返して行った。

梢田は、毒づいた。

「何が、くれたまえだ。気取りやがって」

黙って聞いていた小百合が、紙袋にうなずきかける。

「何をお買いになったんですか」

「小汚い茶碗さ。こんなものに一万円も払うなんて、まったく気が知れないよ」

そう言って、斉木をねめつける。

斉木は、憮然《ぶぜん》とした。

「おれもだ」

三人は人込みを避け、錦華坂に出た。

「それじゃ、なんだって買う気になったんだ」

「羽村宗八が、目の色を変えやがったからさ」

「その、羽村ってやつは、何者だっけな。名前を聞いたことはあるし、顔にもなんとなく見覚えがあるんだが」

小百合が、そばから口を出す。

「テレビの、『骨董探偵団』に出ている人でしょう」

その言葉で、やっと梢田は思い出した。

「そうだ、思い出した。『骨董探偵団』だ。確かに今のやつは、あの番組で骨董の鑑定をやってる、羽村って野郎に違いないぞ」

素人が、スタジオに持ち込んで来た古道具や骨董を、その分野の専門家があれこれ調べて、市場での流通価格を算定するという、テレビの人気番組だ。

羽村宗八は、確か〈壺中天《こちゆうてん》〉とかいう名の店を経営する、古美術商だった。

斉木がうなずく。

「おれは、おまえと茶碗を引っ張り合ってるやつの顔を見て、その羽村だと気がついたのよ。だから、こいつはもしかすると掘り出し物かもしれんと思って、つい万札を投げちまったわけさ」

「おいおい、それじゃ衝動買いか。あんたらしくもないぞ」

梢田が言うと、斉木は珍しく反論しようともせず、黙って肩をすくめた。

小百合が、斉木の紙袋を指す。

「それ、見せていただけませんか」

斉木は紙袋をあけ、茶碗を引き出して小百合に渡した。

「五本松は、お茶をやるのか」

「ええ、ひととおりは」

小百合は、渡された茶碗をいろいろな角度から眺め回し、頬《ほお》に人差し指を当てた。

「由緒ありそうですけど、五本松にもよく分かりません。これ、拝借していいですか。管内の骨董店に、目の利くご主人がいるんです。そこで、鑑定してもらいますから」

斉木は、あまり期待しないといった顔つきで、手を振った。

「ああ、いいよ。持って行け。場合によったら、売ってもいいぞ。羽村がつけた、五万円よりも高く売れたら、その分は五本松のものだ」

3

翌朝。

梢田威は、前夜うっかり目覚まし時計をいじくり回し、アラームをいつもより一時間も早く、セットしてしまった。

小田急線の電車に乗ってから、やけに車内がすいていることに気がつき、やっと時間を間違えたことを悟った。

もう一度、自宅にもどって寝直すわけにもいかず、そのまま御茶ノ水駅まで来た。

お茶の水橋口を出て、かえで通りをさいかち坂の方へ少し行くと、午前七時からやっている喫茶店がある。そこで時間をつぶそうと、スクランブル交差点を渡り始めた。

そのとき、後ろから声をかけられた。

「梢田さん」

振り向くと、五本松小百合だった。

相変わらず、色気とはほど遠い紺のスーツに身を固め、化粧気のない顔をしている。

「なんだ、五本松。きみも、目覚ましの時間を間違えたのか」

「いいえ。署へ出る前に、きのう係長にお預かりした茶碗を、受け取りに行くんです」

二人は並んで、交差点を渡った。

「預けたのか、骨董屋に」

「はい。昨日の夕方、とちの木通りの〈茶水庵《ちゃすいあん》〉に」

その骨董店なら、中にはいったことはないが、ときどき前を通る。

骨董店というより、むしろ昔ながらの古道具屋と呼んだ方が、適切だろう。それくらい、ろくなものを置いていないように見える、汚い店なのだ。

とはいえ、とにかく古物商には違いないから、生活安全課と接触がある。

店主の名は青柳勘助といい、梢田も何度か署で見かけている。度の強い眼鏡をかけた、六十がらみの男だ。

「あの、青柳っておやじなら、おれも顔は知っている。しかし、骨董にそれほど目が利くとは、とても思えないがなあ」

「青柳さんには、盗品のチェックでよくお世話になるんですけど、抹茶茶碗についてはなかなかの目利きなんです。ことに、製作者や製作年代の鑑定をさせたら、国立博物館の学芸員よりも、腕がいいんじゃないかしら」

梢田は、足を止めた。

「いくら腕がいいか知らんが、こんな朝早くから店はあけないだろう。お茶でも飲んで、時間をつぶした方がよくはないか」

小百合が、首を振る。

「それが、今朝六時に青柳さんから電話がはいって、すぐにも店に来てほしいって言うんです。なんだか、とても興奮していました」

「まさか、あの小汚い茶碗が千利休《せんのりきゅう》の持ち物だった、というんじゃないだろうな」

梢田が言うと、小百合は笑った。

「まさか、そこまでは。でも、ただの茶碗ではない、という感じでした」

「分かった。とにかく、行ってみよう」

店に着いてみると、案の定シャッターがおりていた。

「やっぱり、あいてないようだぞ」

梢田が言うのにかまわず、小百合はシャッターの横に取りつけられたボタンを、二度押した。中の方で、ブザーの音がする。

十秒ほどで、シャッターの一部をくりぬいたくぐり戸が開き、青柳が顔をのぞかせた。

「おはようございます。朝早くから、すみません」

小百合が挨拶《あいさつ》すると、青柳は梢田が一緒とは思わなかったのか、意外そうな顔をした。

「保安二係の梢田巡査長は、ご存じですよね」

「ええ、知ってますよ。まあ、はいってください」

青柳が頭を引っ込め、梢田は小百合のあとからくぐり戸をくぐって、店にはいった。

昨日のがらくた市に比べれば、いくらかましと思える古道具や色のはげた仏像が、ところ狭しと並んでいる。

青柳は、ショーケースの反対側に回って、二人と向き合った。

背後の棚から、袱紗《ふくさ》に載せた茶碗をうやうやしく取り下ろし、ショーケースの上に敷かれた羅紗《らしゃ》の上に、そっと置く。

洗うか磨くかしたのか、素人目にも昨日よりいくらか艶《つや》っぽく、風情が出たように見える。

青柳は眼鏡越しに、小百合に目を向けた。

「これを、どこで手に入れたんですか」

小百合が、答えていいものかどうか問うように、梢田を見る。

「昨日、錦華公園のがらくた市で、掘り出したんだ」

梢田が答えると、青柳はぽかんと口をあけた。

「あの、がらくた市でですか。嘘《うそ》でしょう」

「嘘じゃない。それほどの、掘り出し物かね、これは」

青柳は茶碗を取り上げ、さもいとおしげになで回した。

「これが、あんながらくた市にねえ。世の中、分からんものだ」

「おいおい、もったいぶってないで、こいつがどの程度のものなのか、早く教えてくれ。素人にも、分かるようにな」

梢田がじれて催促すると、青柳は顎を引いてもう一度茶碗を眺め、おもむろに言った。

「茶碗の様式は大ざっぱに言って、テンモクとイドとラクの三つに分けられます。これは、筒形の胴とその色合いからして、典型的なクロラクですな」

「ほんとうですか」

小百合が、珍しく興奮した口調で、聞き返す。

青柳は、自信たっぷりに、うなずいた。

「間違いありません。ひびに漆がはいっていますが、それがかえって趣を感じさせます。おそらくノンコでしょう」

「まあ」

小百合が、茶碗に目を据えたまま、言葉を詰まらせる。

梢田には、二人が何を言い合っているのか、ちんぷんかんぷんだった。

咳払《せきばら》いをして、割り込む。

「ええと、符丁じゃなくて、ちゃんとした日本語で、話してくれないかな」

小百合は、われに返った様子で、梢田を見た。

「一応、ちゃんとした日本語なんですけど。要するに、茶碗には天の目の天目、井戸水の井戸、娯楽の楽と書く三つの様式があって、これはそのうちの黒の楽というわけです」

「ははあ。で、ノンコというのは、のんこのしゃあか」

小百合は、きょとんとした。

「なんですか、その〈のんこのしゃあ〉って」

「ずうずうしい、あつかましい、しれっとしてる、要するに何をしても悪びれない、ずぶとい態度のことをいうんだ。落語を聞けば、ときどき出てくるよ」

「へえ。梢田さんて、日常的な問題にはあまり関心がないのに、変なことをいろいろ知ってるんですね」

感心したような小百合の言葉に、梢田は少し気分を害した。

「それはほめ言葉か、それともけなしたのか」

「ええと、ほめたつもりです」

「それより、ノンコってなんだ。しれっとした茶碗だってことか」

「違います。ノンコ、もしくはノンコウともいいますが、道入《どうにゅう》の俗称です」

「ドーニュー。それも分からんぞ」

「道の入り口と書いて、道入と読みます。十七世紀前半の人で、楽家の三代目に当たります。江戸初期の陶工として、よく知られた人です」

つくづくと、小百合を見る。

「五本松こそ、いろんなことを知ってるな。びっくりしたよ」

「ひととおりお茶をやった、と昨日言ったじゃないですか」

小百合は、ちょっと恥ずかしそうに頬を染めて、青柳に目をもどした。

「ほんとうにノンコなら、〈自楽〉の銘印があるはずです。でも、この茶碗は高台《こうだい》の周辺に、欠けがあります。銘が擦《す》り減って、確認できないんですよね」

青柳は残念そうにうなずき、茶碗を裏返して欠けた底を見せた。

「そのとおりです。しかし、口造りを二か所平らに削ってあるところ、胴に斜めの箆目《へらめ》を残したところ、全体に薄造りに仕上がっているところなど、ノンコに間違いないと思いますよ」

相変わらず、ギリシャ語を聞いているような気分だ。

梢田はいらいらして、また割り込んだ。

「要するに、こいつはただのがらくたじゃなくて、れっきとした由緒のある茶碗だ、ということだな」

青柳が、力強くうなずく。

「そうです。これほどの逸品が、あんながらくた市に紛れ込むなんて、あたしには信じられませんね。いくらで、お求めになったんですか」

一万円、と言おうとして、梢田は思いとどまった。

「そいつは、まだ言えないな。念のために聞くが、もしこのノンコとやらをあんたが引き取るとしたら、いくらで買ってくれるかね」

青柳は、梢田の顔と茶碗を見比べていたが、やがて首を振った。

「あたしには、ちょいと荷が重すぎますね。まあ、買い手を探すお手伝いはできる、と思いますが」

「そ、そんなに高いのか」

思わず、どもる。

「安くはありませんな」

「どれくらいだ。十万円か」

青柳は、ばかにしたように、鼻で笑った。

「そんな値段は、高いうちにはいりませんな」

むっとする。

「だったら、十億円か」

青柳は、度の強い眼鏡の向こうで、目を丸くした。

「まさか、そんなにはしませんよ。しかし、まあ、安く見積もっても、五百万はくだらんでしょうな」

「ご、五百万」

梢田は、絶句した。

五分後、とちの木通りを明大通りの方へ歩きながら、小百合が言う。

「やはり、羽村宗八が目をつけるだけのことは、ありましたね」

「そうだな。あいつめ、これを二万で譲れとか五万で引き取るとか、とんでもないことをぬかしやがった。太い野郎だ。五百万以下じゃ、絶対に売らんぞ」

「売らんぞって、それ、係長が買ったんでしょう」

梢田は、汗ばんだ手で紙袋を握り締め、少し考えた。

「おれがこいつを、係長から買うことにする。十万円出せば、喜んで売るだろう」

「買って、どうするんですか」

「もちろん、羽村に五百万で売りつけるのさ」

小百合は立ち止まり、あきれたように梢田を見た。

「利鞘《りざや》を稼ぐつもりですか」

「そうだ。これがノンコだってことは、係長に内緒にしておくんだ。売れたら、二人で山分けしようじゃないか」

「そんな。係長をだますことなんて、五本松にはできませんよ」

「だますわけじゃない。やっこさんは、ほんの気まぐれで一万円、出しただけなんだ。十倍になって金がもどれば、御の字だろう」

小百合は首を振り、きっぱりと言った。

「そんな、のんこのしゃあは、許されません」

4

御茶ノ水署に着いた。

生活安全課、保安二係の席に、斉木斉の姿はなかった。

不在告知板の斉木の欄に、〈第三会議室、接客中〉と書いてある。

梢田威は、とりあえず茶碗をデスクの引き出しにしまい、五本松小百合を見た。

「こんな朝っぱらから、どんな客だ。シャブの売人が、自首でもして来たのかな」

「それだったら、取調室でしょう」

「じゃあ、新規開店のバーのママかマスターが、酒を差し入れに来たに違いない」

小百合は、梢田を横目で見た。

「梢田さんは、いつも物事をいい方に、いい方に考える人ですね」

「いけないか。悪い方に考えると、気が滅入《めい》るだろう」

そのとき、警務課の前島いそ子がやって来て、小百合に署長の伝言を告げた。すぐに、一人で署長室に来てほしい、ということだった。

いやな予感がして、梢田は釘《くぎ》を刺した。

「おれたちのことだったら、三人とも仲よくやってます、と言っておいてくれ」

小百合と入れ替わりに、斉木がもどって来た。

「おい、来るのが遅いぞ」

梢田の顔を見るなり、苦情を言う。

「遅くない。ちゃんと、八時半には来た。そっちこそ朝っぱらから、だれの相手をしてたんだ」

梢田が聞くと、斉木は名刺を二枚ほうった。

「こいつらだ」

取り上げて読む。

「戸崎《とざき》光《ひかる》に、大川《おおかわ》五郎《ごろう》と。何者だ、こりゃ」

「戸崎は、昨日錦華公園のがらくた市で、おれに茶碗を売った髭面の男だ。大川ってやつは、その茶碗を戸崎に預けたダチ公だそうだ」

「あの髭面か」

梢田は、名刺を見直した。

戸崎光の住所は文京区本郷《ぶんきようほんごう》三丁目で、自宅の電話と携帯電話の番号が両方、印刷されている。勤務先ははいっておらず、肩書に〈アンティークハンター〉とだけある。

大川五郎の住まいも、同じ文京区の千石《せんごく》二丁目にある〈旭荘《あさひそう》〉というアパートで、こちらは携帯電話の番号だけだった。肩書もはいっていない。

戸崎は戸建て住まいのようだが、あの若さでは親の家に同居しているとみて、間違いないだろう。大川の方は、いわゆるフリーターといったところか。

「ふうん。なんの用だった」

斉木は、たばこに火をつけた。

「あの茶碗は、大川の父親が集めたコレクションの一つで、ただの茶碗じゃないんだそうだ。そいつを、大川が小遣い稼ぎに無断で持ち出して、戸崎に売らせたらしい。それが、おやじにばれてこっぴどく叱《しか》られたものだから、どうでも返してくれと泣きついてきたのさ」

梢田は、唾《つば》をのんだ。

案の定、ただの欠けた古茶碗ではなかった。〈茶水庵〉の青柳勘助の見立ては、やはり正しかったらしい。

「どうするつもりだ」

「さあな。少し考えようと思って、一服しに出て来たところさ」

「まだいるのか、二人は」

「会議室で、待ってるよ」

梢田は、体を乗り出した。

「すんなり、返す手はないだろう」

「むろん、一万円は取りもどすさ」

「そういう意味じゃない。元値で返したら、一銭のもうけにもならないぞ」

「かといって、警察官が善良な市民を相手に、金もうけをしていいものかな」

珍しく、殊勝なことを言う。

梢田は、なおも乗り出した。

「いくら、親に無断で持ち出したとはいっても、買った以上はこっちのものだ。それを引き取りたけりゃ、少しは色をつけるのが礼儀だろう」

斉木は、たばこの灰を床に落とした。

「まあ、向こうも十万くらいは出す、と言ってるがね。なんでも、ちゃんとした骨董店へ持ち込めば、五十万くらいにはなる逸品だそうだ」

「たった五十万だと」

梢田が目をむくと、斉木はせせら笑った。

「たった五十万とは、大きく出たな、貧乏人め」

「ばか言うな。あれは、実は」

そこまで言って、梢田は口を閉じた。

斉木は、笑いを消した。

「実は、なんだ」

「実は、あれは、その、五十万どころじゃない」

「どうして分かる」

梢田はしぶしぶ、引き出しをあけた。

紙袋を取り出し、茶碗を斉木に示す。

「五本松が、管内の〈茶水庵〉という骨董店に預けて、鑑定させたんだ。百万はくだらない、と言われたそうだ」

斉木は驚いた顔で、じっと梢田を見つめた。

「ほう。けっこう、いい値段だな。ほんとに、百万か」

そう言われると、後ろめたい気分になる。

「まあ、高く見積もれば二百万かもな」

斉木は、猜疑心《さいぎしん》のこもった目で、なおも梢田を見た。

「ほんとか。もう一声、いったたんじゃないのか」

梢田は、ため息をついた。

「分かった、分かった。実は、五百万はくだらない、と言われたんだ。ノンコとかいう、江戸時代初期の陶工が作った、逸品だそうだよ」

斉木は顎をなで、皮肉っぽく唇をゆがめた。

「この野郎、おれをたぶらかそうとしたな」

「そうじゃない。おれはただ、あんたが悪い考えを起こすといけないと思って、控えめに言っただけだ。どっちにしても、元値で返す手はないだろう。だいいち、この二人がほんとのことを言ってるかどうか、分からんじゃないか。安く売りすぎたと気づいて、取り返しに来ただけかもしれんぞ」

そう言いながら、デスクに置いた名刺を叩《たた》く。

斉木は、もっともだというように、うなずいた。

「連中が、ほんとのことを言ってるかどうか、調べる必要があるな」

ふと思いついて、梢田は指をぱちんと鳴らした。

「連中は、いきなりあんたを名指しで、署へ会いに来たのか」

「そうだ」

「この茶碗を買ったのが、御茶ノ水警察署の斉木斉だと、どうして分かったんだ。あの髭面の前で、名乗った覚えはないだろう」

そう指摘すると、斉木も虚をつかれたように、顎を引いた。

「そのとおりだ。おまえも、けっこう知恵が回るな」

「気がつかない方が、おかしいんだ。錦華公園で、おれたちが名乗るのを聞いたのは、例の〈壺中天〉の羽村宗八しかいない。やじ馬は、別としてだが」

「そうか。羽村が、あの二人をそそのかして、この茶碗を回収させようとしたんだな」

「それ以外に、考えられんぞ」

斉木は腰を上げ、梢田のデスクから名刺を取った。

「よし。一緒に来い。茶碗は、引き出しにしまっておけ」

二人は生活安全課を出て、第三会議室へ向かった。

中にはいると、例の髭面の男と茶髪の同じような年ごろの若者が、テーブルに並んですわっている。

髭面の戸崎は、赤いバンダナは昨日と同じだったが、さすがにサングラスはしていなかった。

茶髪の大川は、右の耳たぶにピアスをしている。

二人は、不安のこもった目で、斉木と梢田を見た。

梢田は閉じたドアにもたれ、斉木は二人の向かいに腰を下ろす。

「羽村宗八と、どういう約束をしたんだ」

斉木が、なんの前触れもなしに問いかけると、戸崎も大川も凍りついたように、体をこわばらせた。

「どうした、二人とも。口に泥でも詰まったか」

梢田が言うと、二人はちらりと目を見交わした。

戸崎が、口を開く。

「あの、なんのことですか」

「とぼけるんじゃない。おまえは、羽村から知恵を吹き込まれて、あの茶碗を買いもどしに来たんだろう」

「違います。羽村なんて人、知りませんよ」

「それじゃ、買い主が御茶ノ水警察生活安全課の斉木係長だと、どうして分かった」

戸崎は、唇をなめた。

「それは、あの、斉木係長はこの界隈《かいわい》では有名な人なので、すぐに分かったんです。お見かけした覚えが、ありますし」

斉木が、せせら笑う。

「そうか。それじゃ、どこでおれの名前と顔を見知ったか、言ってみろ」

戸崎は答えあぐねて、視線を宙に漂わせた。

梢田は、ドアから背を起こして、テーブルのそばに寄った。

「正直に言え。羽村に、入れ知恵されたんだろう」

戸崎は下を向き、少しの間もじもじしていたが、やがて観念したように言った。

「すみません、そのとおりです。羽村さんから、あの茶碗は江戸時代の貴重なものだと聞かされて、急に怖くなっちゃいまして。でも、大川が家から持ち出したというのは、ほんとなんです」

「そうかね。羽村から、あの茶碗をおれたちから取りもどしてきたら、高く引き取ると言われたんじゃないのか」

梢田が畳みかけると、戸崎は大川をつついた。

大川は茶髪を掻きながら、蚊の鳴くような声で言った。

「そうなんです。百万で引き取る、と言われました。でも、それで逆にぶるっちゃって、もう羽村さんに売る気は、なくなりました」

「おやじはどうした。息子が、そんなだいじなものを売り払ったと知ったら、自分で吹っ飛んで買いもどしに来るのが、普通じゃないか」

斉木が追及すると、大川は頭を垂れた。

「実は、おやじにばれたというのは、嘘なんです。実家のコレクションから、こっそり持ち出したもので、おやじはまだ気がついてないと思います」

「どうして、ばれたなどと嘘をついたんだ」

「そう言わないと、返してもらえないだろうと思って」

「返してもらったら、やはり羽村に売るつもりじゃないのか」

あわてて手を振る。

「とんでもないっす。五万や十万ならともかく、そんな高いものを勝手に売り払ったことがばれたら、おやじにぶっ殺されちゃいます。気がつかないうちに、もとのところへもどさないと」

「さっき、引き取るのに十万くらいなら出してもいい、と言ったじゃないか。おやじじゃなければ、だれがそんな金を払うんだ」

大川は、返事に窮した様子で、戸崎を見た。

戸崎が言う。

「それはもう、こいつの勇み足ですから、ぼくが貸してでも、こいつに払わせます」

大川は、しぶしぶという感じで、うなずいた。

「信用できんな。おれたちから取りもどしたあと、おまえたちが茶碗を羽村に売りつけない、という保証はどこにもない。返してもらいたけりゃ、おやじを連れて出直して来い」

斉木が言ったので、梢田もそれに同調する。

「そうだ、おやじを連れて来い。あの茶碗が盗品じゃなく、おやじのコレクションから持ち出されたものだ、と確認するためにもな」

大川は、溺《おぼ》れかかった犬のようにあえいで、梢田を見た。

「勘弁してくださいよ。おやじには、知られたくないんです。嘘じゃありません」

斉木が、人差し指を立てる。

「話は終わりだ。もう、帰っていい」

戸崎と大川は、途方に暮れたように顔を見合わせ、ため息をついた。

やがて戸崎が、おずおずと言う。

「それで、あの、茶碗は」

「くどいぞ。あれは、おやじが来るまで、預かっておく。買いもどしの値段については、おやじと直接話をするつもりだ」

梢田は横を向いて、笑いを嚙み殺した。

やはり斉木は、あの茶碗にそれ相応の金額を上乗せして売り、もうけるつもりなのだ。

たとえ親子の間でも、勝手に物を持ち出せば盗品とみなされる恐れがあり、それを承知で大川と取引するのは、警察官として危険が大きすぎる。

しかし本来の持ち主、つまり大川の父親を取引の相手にすれば、その心配はない。まさか、父親が茶碗を盗品扱いにしようとして、自分の息子を警察に告発することは、ないだろう。

斉木は携帯電話を取り出し、手早くボタンを押した。

どこかで着信音が鳴り、大川があわててポケットを探る。

斉木は、電話を切って言った。

「おやじと話がついたら、おれのケータイに電話しろ。今かけたこっちの番号が、そっちに残ったはずだ。電話帳に登録しておけ」

大川は、駝鳥《だちょう》の卵でも飲み込んだように、喉をごくりと動かした。

斉木はかまわず、梢田を見上げた。

「このお二人を、玄関までお見送りしろ」

戸崎が、あわてて手を振る。

「いえ、見送りなんて、けっこうですから」

斉木は、厳しい声で言った。

「勘違いするな。おまえたちみたいな、怪しい風体の人間が署員の付き添いもなしに、署内を歩いてみろ。たちまち、逮捕されちまうぞ」

5

梢田威は、戸崎光と大川五郎を引き連れて、一階におりた。

交通課の、混雑した窓口の前を通り過ぎようとしたとき、列に並んでいたジーンズに白シャツ姿の女が、ふとこっちに目を向けた。

「あら、こんにちは」

いきなり挨拶されて、反射的に頭を下げる。

「どうも」

しかし、女の視線は前に立つ梢田の肩口を越して、もっと後ろの方に向けられていた。

振り向くと、大川があいまいな笑いを浮かべながら、挨拶を返す。

「どうも、その節は」

そのまま、女に話しかけられるのを避けるように、そそくさと玄関へ向かった。

ようやく、思い当たる。くだけた服装と、化粧気のない顔のせいで見違えたが、知っている女だった。

戸崎と大川を送り出した梢田は、交通課の前に引き返した。

白シャツの女に、声をかける。

「その後、景気はどうだい」

女は、びっくりしたように、振り向いた。

だれだろうという顔で、つくづくと梢田を見る。

覚えていないらしいので、梢田はいささか気落ちした。

「生活安全課の、梢田だけど」

名乗りを上げると、神保町のバー〈木魚のつぶやき〉のママ、桐生夏野はとまどったように、瞬《まばた》きした。

それから、急に愛想よく笑う。

「ああ、斉木係長と一緒にいらした、梢田さん」

斉木のことは覚えている、と分かってますますくさる。

「朝っぱらから、警察に用事かね」

「免許書き換えの、手続きに来たんです」

「あ、そう。ところで、さっきの若者に挨拶してたけど、知り合いなの」

「知り合いっていうか、お店に何度か来たことがある、お客さんなんです」

「名前は、大川五郎かね」

「ええ。大川さん、何かやったんですか」

「何かやりそうな男なのか」

聞き返すと、夏野は顎を引いた。

「そういうわけじゃないですけど」

「どういうきっかけで、店に来るようになったんだ」

夏野は、こめかみに人差し指を当てて、考えるしぐさをした。

「神保町の、再開発のビルができ上がる少し前でしたけど、わたしがお店を開いてから三度か四度、人に連れられて来たんです」

「だれに」

「現場監督です。再開発の工事の」

「大川さんは、あの現場で土木工事を請け負っていた、下請け会社の人なんです」

「大川と、なんの関係があるんだ」


土木工事か。

あの茶髪とピアスから、てっきりフリーターだと決め込んでいたが、一応仕事をしているらしい。ただし、名刺に何も書いてなかったところをみれば、臨時雇いの季節労働者に違いない。

聞くところによれば、あの再開発は業界最大手のディベロッパー、五木不動産が担当したそうだ。

五木不動産は、再開発地域を貫く区道の一部をつぶす法案を、事前の説明も了解もなしに、区議会に上程しようと図った。それ以外にも、住民不在の手続きを強引に推し進めようとしたため、地元から強い反発を食らったと聞いている。

「土木建設の工事を請け負ったのは、確か東山建設だったな。なんという現場監督だ」

夏野の顔に、警戒の色が表れる。商売柄、客の話を他人にすることには、抵抗があるらしい。

「大川さんが、何かしたんですか」

あらためて聞かれると、答えないわけにいかない。

「若いくせに、友だちを通じて身分不相応な骨董品を、斉木係長に売りつけたんだ。盗品と決まったわけじゃないが、一応出所を確かめたいと思ってね。できれば、大川を知ってる人間にあいつの人となりとか、どういう経歴のやつかとかを、聞いてみたい。現場監督には、迷惑をかけないよ。今後のこともあるし、協力してくれないか」

少しプレッシャーをかけると、夏野はため息をついて応じた。

「東山建設の建築部の課長で、喜多健三《きたけんぞう》さんという人です。喜多は喜ぶに多い、健三は健やかに数字の三。現場では作業所長、と呼ばれていたらしいですけど」

「その作業所長は、再開発が終わったあともきみの店に、顔を出してるのか」

「ええ、ちょくちょく。ことに金曜日は、よくお見えになりますね」

「東山建設は、浜松町《はままつちょう》だったよな。工事が終わったあとも、そんなとこからわざわざ足を運んで来るってことは、ママに惚《ほ》れたっていうわけかね」

夏野が、にっと笑う。

「かもしれませんね」

「今日は金曜日だ。今夜も来るかな」

「ご自分で、お確かめになったら」

梢田は、こめかみを掻いた。

「ああ、そうしてみよう。じゃましたな」

生活安全課にもどると、五本松小百合が席にいた。斉木斉の姿は見えない。

「署長の用事は、なんだった」

梢田の問いに、小百合は顔を振り向けた。

「ええと、係長と梢田さんが以前得意にしていた、管内の飲食店で只飲《ただの》み、只食いする悪い癖を、あらためたかどうか聞かれました」

ぎくりとする。

「それで、なんと答えたんだ」

「とうにあらためました、と答えました」

ほっとした。

「そのとおりだ」

「でも、まだたまにお勘定を払い忘れることがある、とは言っておきました。まあ、ほんとうはたまにじゃなくて、しょっちゅうですけどね」

「よけいなことは、言わなくていい」

小百合は梢田の方に乗り出し、声を低くして言った。

「梢田さん、係長にあの茶碗が五百万円以上もすることを、正直に言ったんですってね。

見直しました」

「そりゃ、なんといっても、古い友だちだからな」

本心は、なぜもっと強気に嘘をつき通さなかったのかと、後悔の念で一杯だった。

「それから係長は、昨日がらくた市で例の茶碗を売った若者が、友だちと一緒に買いもどしに来た、とおっしゃいました」

「そうだ。そのいきさつも、聞いたか」

「ええ。なんだか、怪しい話ですね。その二人が、言われたとおり父親を連れて出直して来る、とは思えないわ」

「来なけりゃ、来ないでいい。そうしたら〈茶水庵〉を通じて、あの茶碗を高く売り払うんだ」

「そんな。もし盗品だったら、どうするんですか」

小百合の指摘に、梢田は顎をなでた。

「確かに、そこが問題だな。一日待って大川から連絡がなければ、こっちから呼び出しをかけよう。締め上げてでも、どこで手に入れたか聞き出してやるさ」

そこへ、斉木がもどって来た。

梢田は、一階の交通課で桐生夏野とばったり出くわし、大川について話したことを細大漏らさず、報告した。

聞き終わると、斉木はむずかしい顔をした。

「あの若造、そんなに何度も〈木魚のつぶやき〉に、行ったことがあるのか。それも、作業所長に連れられて」

小百合が、口を開く。

「作業所長といえば、工事現場の総括責任者でしょう。そういう立場の人が、単なる下請け会社の若者をバーに誘うなんて、妙な気がしますね。もしかして、その大川という若者は、美青年ですか」

「いや。ごく普通の、今どきの若者さ」

そう答えてから、梢田は小百合を見た。

「おい、何を考えてるんだ」

小百合は返事をせず、軽く肩をすくめただけだった。

斉木が、独り言のように言う。

「神保町の再開発には、いろいろとトラブルがあったらしい。でき上がったビルは、その周辺だけ銀座か六本木《ろっぽんぎ》みたいに、しゃれてるがな」

「都心の再開発に、トラブルはつきものだ。それと茶碗の一件と、何か関係あるのか」

「分からん。今夜〈木魚のつぶやき〉をのぞいて、その喜多とかいう作業所長が顔を出したら、ショートジャブを入れてみようぜ」

「よしきた」

梢田にすれば、作業所長より夏野の顔を、もう一度見たかった。

小百合が口を出す。

「五本松も、ご一緒していいですか」

斉木はぞっとしない顔をして、あいまいにうなずいた。

「好きにしろ」

6

午後六時半。

五本松小百合、斉木斉、梢田威はその順に少しずつ時間をずらし、生活安全課を抜け出した。

太田姫稲荷《いなり》の前で落ち合い、神保町の〈木魚のつぶやき〉へ向かう。ようやく空が、暗くなり始めた。

店にはいると、真っ赤な服を着てしっかり化粧した桐生夏野が、三人を迎えた。

「いらっしゃいませ。今朝ほどは、どうも」

署で会ったときとは、別人のように愛想がいい。素顔も悪くないが、化粧をするとまぶしいほどの美女になり、梢田はどきどきした。

カウンターには、まだだれも客がいなかった。奥の方から斉木、小百合、梢田の順にすわる。

おしぼりを受け取って、梢田は夏野に聞いた。

「作業所長は、来るかな」

「ええ。さっきお電話があって、七時過ぎに二人で行くからよろしく、とおっしゃってました」

「二人。だれとだ。まさか、大川じゃないだろうな」

夏野は、首を振った。

「そこまでは、何も」

斉木が、トリスの水割りを頼む。

それを聞いて、今夜はちゃんと金を払って飲む気らしい、と梢田は見当をつけた。斉木が、只飲みをたくらんでいるときは、もっと高いウイスキーを注文するからだ。

梢田は斉木と同じものを頼み、小百合はカシスソーダを注文した。

「この店も、南側にどでかいビルが建ってから、日が当たらなくなったろう」

梢田が言うと、夏野は小首をかしげた。

「さあ、どうでしょうか。建つ前から、当たらなかったんじゃないかしら。それに、日が当たらなくても、どうせ夜の仕事ですから」

「どこから、通ってるんだ」

「外神田のアパートです。神田明神の、すぐそばの」

「ふうん。日当たりはともかく、あんな高いビルが目の前に居すわったんじゃ、うっとうしいだろう」

「でも、おかげさまで人口が増えて、お店が繁盛します」

「この入りじゃ、あまり繁盛してるように見えないがなあ」

「それは水商売ですから、日によって違います。時間によっては、お断りすることもあるんですよ」

その言葉も終わらぬうちに、格子戸が開いて男が二人はいって来た。いずれも、縞《しま》のシャツにジャケットを着た、自由業風の男だ。

「あら、山本さん、いらっしゃい」

夏野が、意識してかどうか知らないが名前を呼んだので、目当ての二人でないことが分かる。

二人は、L字形になったカウンターの、反対側の隅にすわった。

小百合が、斉木に小声で尋ねる。

「作業所長が来たら、どうするつもりですか」

「ころ合いを見て、梢田が話しかけるさ。こいつは、初対面のやつとでもすぐ仲よくなれる、妙な才能があるんだ」

あとからはいって来た二人は、近くの出版社に勤める雑誌の編集者らしく、作家の棚おろしを始めた。

七時を回ったころ、また格子戸が開いた。

「あら、喜多さん、いらっしゃい」

さっきと同じように、夏野がはいって来た男を迎える。

これが目当ての、喜多健三らしい。

がっちりした体格の持ち主で、年は四十過ぎというところだろう。下駄《げた》のような四角い顔に、縁なしの眼鏡をかけている。

喜多の後ろからもう一人、きれいに櫛目《くしめ》がはいった半白の髪の、小柄な男が顔をのぞかせた。

「さ、どうぞ、どうぞ」

喜多は、男の背中をカウンターの方に押しやり、梢田の隣のストゥールにすわらせた。自分はその向こう側に、腰を落ち着ける。

うまくない、と梢田は内心舌打ちした。

これでは、喜多に話しかけるきっかけをつくるにしても、知らない男の肩越しになるので、手間がかかりそうだ。

おしぼりを使いながら、喜多が夏野に男を紹介する。

「こちら、五木不動産の戸崎さん。よろしくね」

戸崎と聞いて、梢田はもう少しで酒を噴き出しそうになり、あわてておしぼりを口に当てた。

「戸崎です。よろしく」

戸崎と呼ばれた男は、好色そうな目で夏野をじっと見た。

夏野は、まったく動じることなくその視線を受け止め、愛想よくお辞儀をする。

「夏野です。こちらこそ、ごひいきにお願いします」

戸崎は、思い出したようにポケットを探り、名刺を出して夏野に渡した。

夏野はそれを押しいただき、何げない様子で読み上げた。

「五木不動産の、第一開発部長でいらっしゃるんですね。お名前は、戸崎タモツさんでよろしいんですか」

「いや、保つでマモル、と読むんだ」

もう、くだけた口調になっている。

喜多が、横から口を出す。

「戸崎さんは、今回の神保町の再開発を、担当されたんだ。前から一度、ここへお連れしようと思っていたんだが、ようやく時間をいただいてね」

梢田は、斉木を見た。

斉木が、うなずき返す。

どうやら斉木も、この半白の髪の男が茶碗を売った髭面の男、戸崎光の身内と判断したに違いない。喜多が大川五郎と知り合いならば、この戸崎が髭面とまったく関係のない戸崎とは、まず考えられない。

年格好からして、こちらの戸崎は髭面の戸崎の父親か、せいぜい叔父というところだろう。

戸崎が、夏野の背後の棚に載った丸形の銚子《ちょうし》を、指で示す。

「そのお銚子、備前焼《びぜんやき》だね。それを見たら、日本酒を飲みたくなった。何があるかな」

「浦霞と、男山だけですけど」

「じゃ、男山をもらおう」

銚子を取りながら、夏野が聞く。

「焼物に、お詳しいんですか」

「まあね。いろいろ、集めてるものだから」

戸崎は、それ以上言わなかった。

そのとき、突然電子音で〈ウィリアム・テル序曲〉が始まった。

子供のころテレビの深夜放送で見た、大好きな『ローンレンジャー』のテーマ曲だったので、梢田はつい手拍子を打ちそうになった。

喜多が、あわてて携帯電話を引っ張り出し、耳に当てる。

「もしもし。ええ、そうですが。ああ、きみか。今か。今は例の〈木魚のつぶやき〉にいるんだが。うん。いや、今夜はちょっと。五木不動産の、戸崎さんとご一緒してるんでね。知ってるだろ、戸崎さんは。え。そうか。うん。じゃ、しかたないな。ほんの五分だけだよ。うん。八千代スタジオの前。東京堂の裏を、まっすぐ行ったとこね。分かった。それじゃ」

携帯電話を畳み、ポケットにしまう。

「すみません。五分ほど、席をはずさせていただきます。そこの、工事現場で働いていた若いのが、ちょっと表で話があるというものですから」

「だれだ。ぼくの知ってる男か」

「大川という男です。確か息子さんの、お友だちだとかいう」

喜多が言うと、戸崎はうなずいた。

「ああ、大川か。息子の、中学時代の悪友だ。ときどき、家にも遊びに来るよ。ここへ呼んだらいいじゃないか」

やはりこの男は、髭の戸崎の父親だった。

「それがその、外聞をはばかる話らしいんです。すみませんが、五分ほどはずさせていただきます」

そう言って、喜多がそそくさと店を出て行く。

少し間をおいて、斉木が梢田と小百合に、目配せした。

梢田は、わざとらしく腕時計を見た。

「さて、ちょっと会社にもどるか。ママ、あとでまた出直して来るから、とりあえずお勘定は係長に、つけておいてくれ」

斉木はいやな顔をしたが、何も言わなかった。

梢田がストゥールをおりると、小百合もそれに続いた。

「それじゃ、わたしもちょっと、会社に」

弁解がましい口調だったが、戸崎は別に不審を覚えた様子もなく、夏野がお酌した日本酒に、口をつけている。

梢田と小百合は、店を出た。

そこは、すずらん通りの商店街の一本南側の路地で、少し歩くと老舗《しにせ》の新刊書店、東京堂の裏口がある。

小百合が言う。

「八千代スタジオは、ここをまっすぐ行った左側です」

路地のずっと先に、喜多らしい人影がちらりと見えた。

「ああ、知ってる」

八千代スタジオは、出版社などがモデルや商品を撮影するのに使う、写真スタジオだ。

歩きながら、梢田は言った。

「店にいた戸崎は、大川のことを息子の悪友だと言ってたから、間違いなく茶碗を売った戸崎のおやじだ。なんだか、焼物に詳しいみたいじゃないか」

「もしかすると、あの茶碗は大川じゃなくて、戸崎の父親の持ちものかもしれませんね」

路地は、ところどころ街灯がついているだけで、全体に薄暗い。

「そうだな。戸崎が、父親の茶碗を持ち出した、とも考えられる」

「だとすると、なぜ大川が関係してくるのかしら」

四つ角に差しかかる。いつの間にか、喜多の姿が見えなくなった。建物のくぼみに、はいったようだ。

「一人じゃ心細いので、付き添いを頼んだんじゃないか」

そう言いながら、梢田は少し焦った。

まだ早い時間なのに、喜多ばかりかそれ以外の人影も見当たらず、路地はひっそりしている。

「二人が何を話すか、聞いてみたいな」

小百合が、足を止めてささやく。

「八千代スタジオは次の角ですけど、気づかれずにそばに行くのは、無理ですね。ちょっと、様子を見ましょう」

二人は、路地に寄せて停《と》まった軽トラックの後ろに、身をひそめた。

八千代スタジオの角は、街灯の光を受けて明るい。十字路を通り過ぎる人の姿も、ちらほら見える。

しかし、喜多も大川もいない。

「どこに引っ込んだのかな」

梢田が言ったとき、少し先で争うような物音がした。

続いて、悲鳴が聞こえる。

梢田は、軽トラックの陰から、首をのぞかせた。

八千代スタジオの、向かいの建物のくぼみから、黒い人影が飛び出す。そのまま、転がるように角を曲がって、姿を消した。

茶髪の男、大川に違いない。

「待て」

梢田は、あとを追って駆け出した。

右手のくぼみの暗がりに、だれかが倒れているのがちらりと見える。

「喜多を頼む」

あとから来る小百合に声を投げつけ、梢田は猛然と大川を追った。

7

大川五郎は、逃げ足が速かった。

梢田威が表通りに出たときは、影も形も見えなかった。別の路地へ駆け込んだのか、タクシーを拾ったのか。それとも、地下鉄の階段を駆けおりたのか。

八千代スタジオの前に引き返すと、五本松小百合が喜多健三を縁石にすわらせ、傷を点検しているところだった。

街灯の光に、目の縁にできた赤い打撲傷と、切れた唇が浮かび上がる。

「逃げられた」

声をかけると、小百合は梢田を振り仰いだ。

「通りがかりの男に、いきなり殴られたんですって」

面食らう。

「何が、通りがかりだ。今逃げて行ったのが、大川五郎だってことは分かってるんですよ、喜多さん」

突然名前を呼ばれて、喜多はびくりとした。

「ど、どうしてわたしの名前を」

「さっき、〈木魚のつぶやき〉で聞いたんです。あんたが大川と会うために、ここへやって来たこともね。ケータイで話してたでしょうが」

喜多は、切れた唇をそっとなめた。

「い、いったいなんだって、わたしのことを」

「大川のことで、話を聞こうと思っただけです。どうしてやつに殴られたのか、聞かせてもらいましょう」

「で、ですから、今のは通りがかりの見も知らぬ男で、大川じゃないんです。呼び出されたのは確かですが、大川はここにいませんでした」

「嘘を言っちゃいけませんね」

「嘘じゃありません。まあ、外見は似ていたかもしれませんが、大川じゃなかった」

梢田と小百合は、顔を見合わせた。

そう言われてみれば、逃げて行く男の後ろ姿を見ただけだから、確かに大川だったという自信はない。

喜多は、ほんとうに見知らぬ男に殴られたのか。それとも、大川をかばっているだけなのか。

かばっているなら、それなりの理由があるはずだ。

梢田は、指で小百合を呼び寄せ、ささやいた。

「おれは、大川のヤサへ回る。きみは、こいつを連れて店へもどれ。係長と二人で、事情聴取しろ。大川のしわざだと認めたら、被害届を出すように説得するんだ。そうすりゃ、大川を引っ張れる」

「分かりました。戸崎からも、話を聞きます。大川と、息子の光との関係なんかを」

「そうしてくれ。喜多と戸崎は、口裏を合わせないように、別々にしとくんだぞ」

そう言い残して、地下鉄の神保町駅に向かった。

三田線に乗って、四つ目の千石駅まで行く。

白山通りに上がったところの交番で、千石二丁目の〈旭荘〉というアパートの所在を、確かめた。

目当てのアパートは、歩いて七、八分の小学校の裏手にあった。

どうせ、まっすぐは帰らないだろうと思ったが、案の定ドアをしつこくノックしても、返事はなかった。窓も暗い。

居留守を使っている可能性もあるが、捜索令状もないのに踏み込むわけにいかない。

携帯電話で、斉木斉に連絡をとる。

「おれだ。署へもどったか」

「もどった。今どこだ」

「大川のヤサだが、まだ帰っていないようだ。事情聴取はしてるか」

「現在進行中だ」

「大川の、ケータイの番号を教えてくれ。呼び出して、説得してみるから」

「分かった。メモしろ」

電話を切り、メモした番号にかけ直す。

コール音はしたが、なかなか出ない。

アパートの階段に腰をおろし、繰り返し呼び出しをかける。

十回目に、ようやく応答があった。

「はい」

相手は、様子を探るように応じたきり、黙っている。

「大川か。切らずに聞け。御茶ノ水署の梢田だ。おまえが、神保町の再開発で東山建設に使われていたことも、さっき作業所長の喜多を殴って逃げたことも、よく分かっている。おとなしく出頭すれば、自首扱いにしてやる。逃げ回れば、罪が重くなるぞ。おい、聞いてるのか」

「あ、はい」

「喜多を、わざわざ呼び出して殴ったからには、それなりの理由があるんだろう。事情によっては、情状を酌量してやる。今どこだ」

返事がない。

切ったわけではない証拠に、かすかな音楽が聞こえる。

やがて、大川はしぶしぶという感じで、返事をした。

「本郷三丁目の、〈ミレニアム〉っていう喫茶店です。戸崎と一緒にいます」

どうやら戸崎光のところへ、相談に行ったとみえる。

「それじゃ、そこにいろ。おれが行くまで、二人で待ってるんだ」

場所を聞き、タクシーを拾った。

その喫茶店は本郷三丁目の交差点から、本郷通りを湯島《ゆしま》方面へしばらく行った、右側にあった。最近めっきり数の減った、昔ながらの喫茶店だった。

店にはいると、いちばん奥のボックスに向かい合わせにすわる、戸崎光と大川五郎の姿が見えた。

梢田は、大川に戸崎の隣に移るように言い、二人と向き合った。

大川は、喜多を殴ったときに傷めたらしく、指の関節をときどきなめる。

「さてと、大川。おまえは、再開発工事が終わる前後から、喜多に連れられて何度か〈木魚のつぶやき〉で、酒を飲んだそうじゃないか。その、かわいがってくれた喜多を、なぜ殴ったりしたんだ。正直に言ってみろ」

大川はためらい、どうしたらいいか問いかけるように、隣の戸崎を見た。

戸崎が、しかたがないというしぐさをして、大川に顎をしゃくる。

大川は下を向いて、ぽつぽつと話し始めた。

「実は、あの汚い茶碗のことから、話がこじれたんです。あれはぼくが、再開発の仕事をしているときに、工事現場で見つけたものなんですよ」

基礎工事のために掘り下げた、地面の下四、五メートルのところで、江戸時代の武家屋敷らしい、遺構とぶつかった。瓦《かわら》、建物の柱の跡、桶《おけ》、まな板といった木製品、食器などが、大量に出てきた。

「それで、どうしたらいいか、喜多所長に相談したんです。結局、工事を半日中断したあと、そのまま掘削作業を再開するように、と指示がくだりました。遺構も出土品も、瓦礫《がれき》として土と一緒に廃棄しろ、ということでした」

「詳しいことは知らないが、そういう考古学的な遺構とかにぶつかったら、工事を中断して学術調査をする、と聞いたことがあるぞ」

梢田が指摘すると、大川はうなずいた。

「ええ。少なくとも、本格的な調査を行なう必要があるかどうか、審査するのが決まりになっています」

「なぜ、しなかったんだ」

「たぶん、たいした価値はない、と判断されたんじゃないですか。それと、本格的な学術調査がはいると、工期が大幅に遅れることになります。ディベロッパーも建設会社も、工事が中断すればよけいな経費がかかりますから、よほどの大発見でもないかぎり口をぬぐって、そのまま工事を進めちゃうんです」

「ふうん、そういうものか。で、あの茶碗は、どうしたんだ」

「そのときに出てきた、出土品の一つなんです。ちょっと欠けてましたけど、素人目にも由緒ありげな茶碗に見えたので、つい出来心でこっそり、失敬しちゃったわけです」

そのあと、喜多は遺構の第一発見者ともいうべき大川を、近くの〈木魚のつぶやき〉やほかの店へ連れて行き、酒や食事をおごるようになった。大川は、たぶんそれは遺構のことを黙っていろ、という意味だろうと解釈した。

「所長が、あまりぼくの機嫌をとるので、だんだん後ろめたくなりましてね。それでとうとう、茶碗を猫ばばしたことを所長に白状して、提出したわけです。所長も困ったらしくて、しばらく考えていました。結局、一つでも遺構の証拠を残すとまずいと思ったのか、ゴミとして処分すると言って、茶碗を受け取りました。だれにも言うな、と口止めされました。ところが、つい十日ほど前、こいつの家に遊びにいったら」

大川は、親指で戸崎を示して、あとを続けた。

「おやじさんが集めてる、いろんな焼物のコレクションの中に、あの茶碗が混じってるじゃないですか。どっかで見た気がして、手に取って調べさせてもらったら、間違いありませんでした。底の欠けた部分の形が、覚えていたとおりだった。それでこいつに、その話をしたわけです」

大川に代わって、戸崎が口を開く。

「あとで、とぼけて茶碗の入手先をおやじに聞いたら、下請けの東山建設の知り合いからもらったものだ、と言いました。神保町の、再開発の工事現場から出たことは、知らないようでした。ぼくも、そのことは黙っていました。その作業所長は、たぶんおやじの焼物好きを知っていて、ご機嫌を取るためにプレゼントしたんだと思います。大川には、ゴミとして処分すると言ったくせに、勝手に得意先の偉いさんに上納するなんて、けしからんですよ。おやじにしても、たとえ知らなかったにせよなんの疑問もなく、そういうものを受け取るのは、やはり間違ってます。大川も憤慨してるし、だったらいっそ今度のがらくた市で売って、小遣いにしちまおうということになったわけです」

大川が乗り出す。

「もちろん、そんなに値の張るものだったなんて、これっぽっちも知りませんでした」

「それで、羽村に売ればもっと金になると分かって、買いもどしに来たわけか」

二人はしゅんとなって、力なくうなずいた。

「喜多を呼び出して殴ったのも、買いもどしに失敗した腹いせだな」

梢田が聞くと、大川は顔を上げた。

「それもありますけど、やはりゴミとして処分するといったくせに、黙って得意先に上納するというのが、許せなかったんですよ。所長は、あの茶碗がけっこう値打ちのあるものだ、と分かってたんですね」

「殴ったときに、そう言ってやったのか」

「そんな暇はなかったけど、これが茶碗代だと言って二発食らわせましたから、意味は分かったと思います」

8

その翌日。

青柳勘助は、度の強い眼鏡を親指の腹でずり上げ、口を開いた。

「江戸時代を通じて、あの再開発地区には大名や旗本が住んでいましたから、武家屋敷の遺構が出てきたとしても、まったく不思議はありませんね」

斉木斉の指示で、五本松小百合が〈茶水庵〉の青柳に電話をかけ、署の第三会議室に来てもらったのだ。

斉木が聞いた。

「四、五メートルも掘った地中というと、どれくらい昔の土なんだ」

「まず、表層の二メートルくらいは、明治以降ですね。ことに、あの辺は関東大震災や太平洋戦争で焼けましたから、それくらいは優に土砂が堆積《たいせき》してます」

青柳の説明に、小百合が口を挟む。

「神田神保町の古書店街は、空襲にあわなかったんじゃないんですか。アメリカ空軍が、神保町を古い活字文化の集積された地区と知って、空襲の対象からはずしたと聞きましたけど」

青柳は首を振った。

「そんなのは俗説ですよ。たまたま、靖国通りの古書店街は空襲を免れましたが、すずらん通りの南側は焼け野原になりました。したがって、堆積物も多いんです。その層からさらに二、三メートル下というと、少なくとも寛政《かんせい》以前、享保《きょうほう》末期から宝暦《ほうれき》あたりでしょうか」

梢田は、指を振り立てた。

「年号で言われても、いつごろだか分からん。要するに、何年前なんだ」

「ざっと二百年から、二百七十年前ってとこでしょう」

斉木が、疑わしげな顔をする。

「そんなに昔のものが、よく地中に残っていたな」

「この辺は海が近かったので、土が水気を含んでるんですよ。そういう土は、木とか陶磁器を比較的良好な状態で、長期間保持します」

「すると、あの茶碗もそのころのもの、とみていいわけか」

「いや、まだまだ。五本松巡査部長には申し上げましたが、あの茶碗は楽道入の作と思われますから、三百五十年くらいはたっていることになります」

さすがの斉木も、ぴんとこない様子だった。

小百合が言う。

「すると、茶碗はもちろんその遺構自体が江戸考古学上、非常に貴重なものだったといえるわけですね」

青柳はうなずいた。

「ええ、実際にそういう遺構が出てきた、というのであればね。ただ、工事を請け負った建設会社は、学術的な意味を持つほどの埋蔵物は何も出なかった、と主張してるんでしょう」

そのとおりだった。

東山建設の作業所長喜多健三は、土木工事に際して武家屋敷の遺構にぶつかった事実はなく、いくらかでも価値のありそうな出土品は一括して、区に納めたと主張した。

また、大川五郎から欠けた茶碗の提出を受けたことも、それを五木不動産の戸崎保に上納したことも、強く否定した。

むろん、路地で殴られた相手が大川だということも、認めなかった。かりに大川だったとしても、告訴する気はないと言い張った。

一方、問題の茶碗の入手先を聞かれた戸崎保は、一年ほど前に中野《なかの》区の新井薬師《あらいやくし》で開かれた骨董市で、安く買ったものだと答えた。道入作の逸品とは思わなかったし、実際今でもそんなたいへんな茶碗だとは、認識していない。だから、息子がそれを人に安く売ったからといって、買いもどす気はないと言い捨てた。

また息子の戸崎光は、父親の説明と矛盾するような供述を、いっさいしなかった。単に小遣い稼ぎのために、父親のコレクションの中から適当に選んだ茶碗を、持ち出しただけだという。

そして肝腎《かんじん》の大川も、暴行傷害罪を適用されるのを恐れたのか、それとも喜多から何か鼻薬をきかされたのか、それまでの供述をあっさりひるがえした。遺構、と思ったのは腐った木が埋まっていただけで、掘り出した陶磁器類はいずれも破片だけの、がらくたにすぎなかった、というわけだ。

となると、これはもう警察が介入して捜査する案件ではなく、手を引くしかない。

かりに、戸崎光がまがいものの茶碗を楽道入作、と偽って斉木に売りつけたのだとしたら、それは犯罪になる。しかし、話は逆だった。

青柳を引き取らせたあと、三人は生活安全課の席にもどった。

ほかの係は出払っており、がらんとしている。

梢田は言った。

「これじゃ、たとえ喜多と戸崎が遺構の件を隠そうとたくらんだとしても、おれたちの出る幕はないな。でき上がったビルをぶっ壊して、もう一度土を掘り返すわけにもいかんしなあ」

「とんだ、時間のむだでしたね」

小百合が応じると、斉木は梢田を見た。

「とにかく、これであの茶碗は天下晴れて、おれのものになった。羽村をつかまえて、できるだけ高く売りつけるんだ。五百万で売れたら、おまえと五本松にも〈なかや〉の鰻重を、いやというほど食わしてやるぞ」

そのとき、署長の三上俊一《みかみしゅんいち》警視正が、部屋にはいって来た。

三人があわてて立とうとすると、三上は両手を上げてそれを制した。

「そのまま、そのまま」

梢田も斉木も、椅子《いす》の上でほとんど気をつけをした。

三上が、眼鏡を押し上げながら言う。

「五本松巡査部長の報告によると、斉木係長も梢田巡査長も最近は管内の飲食店で、なかなか評判がいいようだな。署長として、まことに喜ばしいかぎりだ」

斉木は、もっともらしくうなずいた。

「これからも、署の名誉を上げるために、がんばる所存です」

梢田も、力強くうなずく。

小百合だけが、笑いを嚙み殺している。

三上は咳払いをし、立ちはだかったまま靴の先を上下させて、さりげなく言った。

「それから、斉木係長。きみの心遣いには、感謝しているよ」

「は」

斉木が、何を言われているのか分からぬ体で、三上を見返す。

三上は、また咳払いをした。

「わたしの家内が、江戸千家のお茶の師匠だということを、よく覚えていてくれたね。わたし自身は門外漢だが、家内はあの茶碗を見て大喜びしたよ。まったく、いいものをプレゼントしてくれた」

斉木の顔がこわばる。

梢田も、三上の言葉に何かいやな予感を覚え、じっと顔を見た。

斉木が、ひからびた声で言った。

「あの茶碗、とおっしゃいますと」

三上が手を振る。

「とぼけなくてもいいよ、斉木君。わたしの家内に、と言ってきみが五本松巡査部長に託した、例のノンコとかいう欠けた茶碗だよ。署員からの、中元や歳暮のたぐいは断るのが筋だが、家内のお茶に関《かか》わることとなると、話は別だ。ありがたく、頂戴《ちょうだい》しておく」

斉木の顔が、練り固めた小麦粉のように、白くなった。

「ええと、あれはですね」

言いかける斉木を、また三上が押しとどめる。

「いやいや、それ以上は言いたもうな。家内からも、くれぐれもよろしく伝えてくれ、とのことだった」

梢田は、茶碗をしまったはずのデスクの引き出しを、そっと引いた。

紙袋が、消えている。

目を上げると、斉木と視線がぶつかった。そっと、首を振る。

斉木は、獲物を見つけたゾンビのような目をして、小百合を睨んだ。

小百合は、それが今いちばんの関心事であるかのように、マニキュアの具合を調べている。

三上はもう一度咳払いをすると、おどけたしぐさで敬礼した。

「それでは諸君、今後ともがんばってくれたまえ」

それから、急に思い出したようにポケットに手を入れ、財布から一万円札を一枚取り出す。

「ほんの心ばかりだが、斉木君にお礼をしておこう。これで、五本松巡査部長と梢田君にも、何かごちそうしてやりたまえ」

そう言って、札を梢田のデスクに置いた。

三上が出て行くのを待って、斉木は小百合に嚙みついた。

「おい、五本松。これはいったい、どういうことだ。おれの茶碗を、勝手に署長にくれちまうとは」

小百合は、マニキュアから目を上げた。

「署長は、係長と梢田さんが管内で只食い、只飲みするのを、ほんとうにやめたかどうか聞き込み調査をする、と言ったんです。それをやめさせるためにも、署長のご機嫌を取り結ぶ必要がありました。係長から、と言ってあの茶碗をプレゼントすれば、危機を脱することができる、と思ったんです。現に、その効果があったじゃありませんか」

斉木は、たじろいだ。

「しかし、ご、五百万もするものを、ただで署長にやっちまうとは、信じられんぞ」

小百合が、しれっとして応じる。

「ただじゃありませんよ。今署長が、一万円置いて行ったじゃないですか。もとを取ったんだから、文句はないと思いますけど」

斉木は目を白黒させたが、いきなり梢田を見てどなった。

「さわるな。それは、おれのだ」

梢田は、置かれた一万円札を取ろうとした手を、急いで引っ込めた。

「おれたちの、だ。署長は、おれと五本松にも何かごちそうしてやれ、と言ったんだぞ」

斉木は、少しの間こめかみをぴくぴくさせていたが、やがてあきらめたように肩を落とした。

「くそ。もう二度と、がらくた市なんかに、行かんぞ」

小百合が、立ち上がる。

「それじゃ、係長。〈なかや〉に、鰻重を食べに行きましょう」

気のイイ女

I

「こういう、いかがわしいものがメールボックスに投げ込まれるのを、警察は平気で見過ごすとおっしゃるんざますか」

円城寺珠子《えんじようじたまこ》はそう息巻いて、テーブルに散らばった縦横十センチほどのビラを、指でとんとんと叩《たた》いた。

梢田威は当惑しながら、珠子をなだめた。

「もちろん、自分たちも見過ごすつもりはありませんよ、奥さん」

「でしたら、だれがこんなものを投げ込んでいるのか、さっそくお調べいただいて、きつくお灸《きゅう》をすえてやってくださいませ」

隣で斉木斉が、わざとらしく咳払《せきばら》いする。

「くださいませとおっしゃっても、こういうのをチェックするのは本来、管理人の仕事じゃありませんかね、奥さん」

珠子は、侮辱されたというように、唇をへの字に結んだ。

「ドミサイル小川町《おがわまち》には、管理会社のスタッフがときどき巡回に来るだけで、常駐の管理人はおりませんの。ですからこうして、警察にご相談してるんざます」

「事情は分かりますが、なにしろ警察もこのところいろいろと、多忙でしてね」

珠子は、きっとなって背筋を伸ばし、二人を交互に睨《にら》んだ。縁が三角形にとがった、臙脂色《えんじいろ》の眼鏡の奥に鎮座するどんぐり眼《まなこ》が、炎のように燃える。

「わたくし、マンションの自主管理組合の、理事長を務めておりますのよ。入居者のみなさんから、なんとかしてほしいという強い要請を受けて、陳情にうかがったわけざます」

梢田は途方にくれ、ビラを取り上げた。

サインペンで手書きされたものを、オレンジ色の用紙にコピーして切り分けただけの、お手軽なビラだ。

こう書いてある。

宅配！　イイ女　午後七時～午前五時　交通費・チェンジ無料（二度まで）
六十分二万五千円／九十分三万五千円／百二十分四万五千円

＊かわいい女の子募集／二十歳〜二十九歳
090—☆◎◇◆—◇◆◎☆

〈イイ女〉の部分だけ、特別字が大きくて太い。

珠子が続ける。

「十日ほど前に初めて投げ込まれてから、これで三度目でございますよ。しかも、時間帯は夜じゃなくて、たぶん午後遅くだと考えられます。夕刊を取りに行くと、はいっているざます。ドミサイル小川町には、独身者ばかり住んでいるわけじゃございません。わたくしどものように、まだ小学生の子供を抱えた夫婦者も何組か、入居しております。教育上よくありませんし、そもそもこのあたりは風紀地区のはずざますから、こうしたいかがわしい行為を野放しにしておくこと自体が、犯罪といってもようございましょ」

そうまくしたてて、きっと二人を睨んだ。

見たところ、珠子は四十代の半ばをくだらない年格好なので、まだ小学生の子供がいるとすれば、だいぶ遅い出産のようだ。

「しかし、この連中も今のところはビラを投げ込むだけで、何もしてないわけですからね。商売にならないと分かれば、そのうちやめると思いますよ」

斉木が言うと、珠子はますます猛《たけ》り立った。

「それまで待て、とおっしゃるんざますの。善良な市民の訴えを、調べもせずに却下するとおっしゃるのでしたら、わたくしどもにも覚悟がございます」

食いつくように言い、痩《や》せた体を包むピンクのテーラードスーツの膝《ひざ》の上で、レースのハンカチをもみしだく。

梢田は、あわてて手を上げた。

「まあまあ、奥さん。自分たちも、お宅のマンションにときどき立ち寄って、ちゃんとチェックしますから」

「それでは、遅すぎるざます。そこに書いてある、ケータイの番号に電話をなさって、犯人をおびき出せばようございましょ」

斉木が苦笑する。

「犯人といってもですね、これだけで犯罪を構成するというわけじゃないし、わたしどもとしては」

おしまいまで聞かずに、珠子は突然すっくと立ち上がった。

「ようございます。お二人にその気がないのでしたら、直接署長に掛け合います。お取り次ぎくださいませ。わたくし、こう見えても息子がかよう駿河台小学校の、ＰＴＡの会長もいたしておりますの。このままでは、すみませんことよ」

斉木も梢田も、あわててソファを立った。

「分かりました。すぐに善処しますから、今日のところはお引き取りください」

斉木が慇懃《いんぎん》に言うと、珠子は疑わしそうにパーマをかけた髪に手を当て、ふっとため息をついた。

「最初から、そうおっしゃってくだされば、話は簡単だったのに。それでは、明日わたくしどもの自宅へ、経過報告のお電話を入れていただけるざますか」

「明日ですか。そんな急には」

梢田が言いかけると、珠子はじろりと目を向けた。

「斉木さんが、すぐに善処するとおっしゃったのが、聞こえなかったとおっしゃるんざますか。すぐに、というのは遅くとも今日中に善処する、ということでございましょ」

珠子が、肩をいからせて応接室を出て行くと、斉木も梢田もどさりとソファにすわり直した。

「くそ、何がざますだ。かますみたいな顔しやがって」

梢田が悪態をつくと、斉木は親指の爪《つめ》を嚙《か》みながら言った。

「そいつは、かますに失礼だぞ」

梢田も斉木も、しばらく黙りこくった。

やがて、斉木が言う。

「しかたがない。おまえがおとりになって、電話しろ」

梢田は、目をむいた。

「おれが電話して、どうするんだよ」

「女を宅配してもらうのさ」

「宅配って、署へか」

「おたんこなすめ。御茶ノ水署へ来てくださいと言って、のこのこやって来るばかがいるか。ホテル・アローあたりを、指定するんだよ」

「ホテル・アローは、淡路町《あわじちょう》の神田消防署の近くにできた、新しいビジネスホテルだ。

「相手が来たら、どうする。こういうビラを、マンションに投げ込むのをやめるように、教育的指導をするのか」

斉木が、じろりと睨む。

「長生きするぞ、おまえは。単に説教するだけなら、マンションの管理人でもできる。いいか、このビラは明らかに売春の勧誘なんだ、売春の」

「そんなことは、どこにも書いてないぞ。これはいわゆる、デリヘル嬢の派遣業だろう。本番さえやらなきゃ、違法にならないんじゃないか」

「それまで会ったこともない男女がだな、密室で怪しげな振る舞いに及んだあげく、金のやり取りをすれば、売春だ」

「いつから、そうなった」

「今からだ」

「勝手に決めるな。とにかく、逮捕するだけの理由が見つからなかったら、骨折り損のくたびれもうけだぞ」

「理由はあとから、いくらでもつけられる。とにかく、女を宅配してる元締めを売防法違反で、とっつかまえてやる。一罰百戒だ」

「なんだ、そのなんとかヒャッカイって」

斉木が、うんざりしたように、天を仰ぐ。

「要するに、見せしめってことさ」

梢田は、どうせたいした意味はないと決めつけ、明るく言った。

「とにかくおれは、ホテルに呼んだ女とくにょくにょしたあと、逮捕して元締めの名前を聞き出せばいいわけだな」

「だれが、くにょくにょしろと言った。事前に、料金の支払いを要求された段階で、お縄にすりゃいいんだよ」

「しかし、本番をやらなきゃ、お縄にできないだろう。それに金の受け渡しは、だいたい事が終わってからだ」

「機転をきかせろ、機転を。本番をやらせるという合意のもとに、金の交渉を始めるように仕向けるんだよ」

梢田は、下唇をつまんだ。

「ホテル代はどうする」

「自腹を切れ」

「自腹。だったら、お断りだな。経費で落ちないのなら、女とはロビーで待ち合わせることにして、そこで逮捕するさ」

「ロビーだと。そんな、人目につくところで女を逮捕したら、人権問題になるぞ」

「犯罪の摘発に、人権問題もくそもあるか」

「だったら、やってみろよ」

そこまで言われると、不安になる。

「部屋を取って、それで何もするなってか」

「やってから逮捕したら、あとで大恥をかくことになるぞ。それでもよけりゃ、腰が抜けるほどやってこい」

梢田は口をつぐみ、憮然《ぶぜん》として腕を組んだ。

どうしていつも、こういう損な役回りばかり振り当てられるのか、納得がいかない。

自腹を切って部屋を借りた上、何もせずに相手の女を逮捕する芸当ができれば、何も苦労はない。

部屋は借りずにすませ、エレベーターで客室へ上がるふりをして、女が金の話を持ち出すように、仕向けられないものか。

　斉木が言う。

「どうした、白目なんぞむいて。あまり考え込むと、頭痛が起きるぞ」

「大きなお世話だ。おれなりに、作戦を立ててるところだよ」

　梢田が応じると、斉木はあきれたように首を振った。

「やめとけ、やめとけ。なまじ作戦など立てたら、相手にそれと悟られるだけだ」

「ホテル代を、経費で落とすことができれば、何も頭を使う必要はないんだ」

「ばかを言え。国民の血税を、おまえの一時的快楽のために使ったら、ばちが当たるぞ。とにかく、さっさと電話して段取りをつけろ」

「どうやりゃいい」

「とりあえず、おれにケータイを貸せ」

「貸して、どうするんだ」

「いいから貸せ」

　斉木にせかされて、梢田はしぶしぶ携帯電話を渡した。

　斉木が、迷う様子もなく番号を押す。

「ああ、もしもし、ホテル・アローね。こちらは、御茶ノ水警察署の斉木という者だが、フロントの山田さんを頼む」

梢田があっけに取られているうちに、斉木はその山田という男と話をつけて、一泊分の部屋を借りた。

名義は鈴木一郎、部屋番号もセミダブルの八五一号室、と先に決めてしまう。

「これは、捜査活動の一環だから、何も言わずに協力してくれ。四時半ごろに、うちの梢田という刑事を、そっちに行かせる。それまでに、もし外から鈴木一郎あてに電話があったら、外出していて五時ごろもどる予定だ、と答えてもらいたい。迷惑はかけないから、よろしく頼む」

斉木は、そう締めくくって通話を切ると、携帯電話を投げてよこした。

「これで、準備は整った。あとは、おまえの出番だ。さっそく、ビラの番号に電話しろ。非通知にするなよ、警戒されるからな」

テーブルのビラを見ながら、梢田はしぶしぶそこに書かれた番号を、プッシュした。

五度目のベルで、相手が出てくる。

「もしもし」

音声変換器を通したような、妙な声だった。

「ええと、イイ女の出前を、お願いしたいんですがね」

「出前。宅配のことですか」

「そう、宅配、宅配。出前は、ラーメンだよね、ははは」

笑ってごまかす。

「そちら、お名前は」

「ええと、梢、というか、ええと、そう、一郎です。鈴木一郎ね。マリナーズじゃないけど、よろしく」

「お電話番号は」

事務的に聞いてくる声は、相変わらず男か女か分からない。

「そっちのケータイに、記録されるでしょうが。逃げも隠れもしませんよ」

「いつ、どちらへお回ししますか」

「急で悪いけど、今日の夕方五時に、神田淡路町のホテル・アローに、来てほしいんですよ。八五一号室に、鈴木の名前で部屋を取ってるから。なんだったら、ホテルに電話して確認してくれても、いいですよ」

少し間があく。

「それで、ご趣味の方は」

「趣味。ええと、そうね。盆栽と、食べ歩きかな」

「そうじゃなくて、女の子の趣味なんですけどね」

梢田は、携帯電話を持ち直した。

「ああ、そっちの趣味ね。飛び切り美人で、ボインの女の子がいいな。背は、百六十センチから百六十五センチ、体重は五十キロ前後。サイズは九十、六十、九十ってとこでしょう。二十五歳以上はだめだからね」

どうせ何もできないなら、言いたい放題言ってやる。

相手は、あきれたようだった。

「それはちょっと、注文が厳しすぎますね。近い線で、納得していただかないと」

「しかたないな。適当に見つくろって、よろしく」

「時間は、どのコースにしますか」

「ええと、それは相手次第だな。女の子を見てから、決めさせてもらうよ」

「分かりました」

通話を切ると、斉木が嚙みつくように言う。

「何が飛び切り美人で、ボインの女の子だよ。本気でやったりしたら、承知しないぞ」

「心配するなって。それより、ちょっとドミサイル小川町の様子を、見に行かないか。マンションは昼間の今ごろ、意外と人の出入りが少ないんだ。ビラの投げ込みには、ちょうどいい時間帯だぞ」

「そいつは、いい考えだ。さっそく、チェックしてこい」

「そりゃ、どういう意味だ。あんたも行くんだろう」

「おれは、別の仕事がある。外回りは、おまえに任せるよ」

2

梢田威は、一人で御茶ノ水署を出た。

斉木斉の調子のよさには、いつもかりかりさせられる。楽な仕事は自分が取り、手間のかかるところだけこっちに回すやり方は、ここ何年も変わっていない。

まったく、腹が立つ。

念のため、外堀《そとぼり》通りへおりて淡路町のホテル・アローへ行き、山田というフロントマンに顔つなぎして、チェックインの手続きを取った。

セミダブルの部屋で、一万円も先払いさせられる。

いつもお世話さまです、と山田が言ったことから推測すると、斉木はときどきこのホテルを利用するらしい。おおかた警備見回りにかこつけ、バーで只酒《ただざけ》でも飲んでいるのだろう。お世話さまです、は皮肉に違いない。

山田の話では、今のところ外から鈴木一郎あての電話は、かかってこないという。

四時半ごろ出直してくる、と言いおいて梢田はホテルを出た。

外堀通りの、淡路町の交差点の一本手前を右にはいり、本郷通りに向かう。

本郷通りに出ると、小川町の交差点へ回るめんどうを避け、信号のないところを突っ切って、さらに裏通りを直進する。

ドミサイル小川町は、その通りを五十メートルほど行った、右側にあった。

入り口の、ガラスドアの中は玄関ホールになっており、二十四時間対応の宅配ボックスが併設された、メールボックスのコーナーがある。

オートロックシステムで、来訪者が部屋番号を押すと室内のモニターテレビに、顔が映るようになっているらしい。

メールボックスも、数字つきのボタンでロックできる仕組みだが、上部の隙間《すきま》からのぞいたかぎりでは、ビラが投げ込まれているかどうか分からない。

そのとき、エレベーターホールに通じる内部のガラスドアがあき、買い物籠《かご》やバッグを持った主婦らしき女が三人、しゃべりながら出て来た。

梢田に気づくと、三人ともぴたりと口を閉ざした。

不安のまじった、とがめるような目を向けてくる。

梢田は、あわてて警察手帳を引っ張り出し、三人に提示した。

「怪しい者じゃありません。御茶ノ水署の、生活安全課の梢田という者です。こちらの、管理組合の理事長さんに頼まれて、見回りに来たところでしてね」

髪を茶色に染めた、五十がらみの小柄な女が、訳知り顔にうなずく。

「ああ、例のビラの件ね。円城寺さん、ほんとに警察に行ってくれたのね」

「ほんとにって、入居者のみなさんが円城寺さんに、そう要請したんじゃないんですか」

梢田が聞き返すと、茶髪の女より五つか六つ若い太った女が、意地悪な口調で言う。

「円城寺さんは、PTAのお仕事が忙しいとか言って、あまり組合の方に力を入れないものだから、ほんとに行ってくれるのかどうか、分からなかったんです」

今度は、左端にいた短い髪の痩せた女が、おどおどした口調で言った。

「PTAの方では円城寺さん、マンションの管理組合の仕事が忙しいからって、わたしに仕事を押しつけますけどね」

茶髪の女と太った女が、やっぱりと言わぬばかりに視線を交わし、うなずき合う。

「みなさん、こちらのマンションにお住まいですか」

梢田が聞くと、茶髪の女と太った女だけがうなずき、痩せた女は首を振った。

「わたしは違います。こちらの鳥原《とりはら》さんのお嬢さんと、うちの上の娘が小学校で同級生だったものですから、ときどきお茶飲みをしに来るだけです」

そう言って、太った女を見る。

梢田は、手帳を取り出した。

「すみませんが、みなさんのお名前をフルネームで、教えていただけますか。字の方も、お願いします。それと、部屋番号も」

ボールペンを構えてそう言うと、太った女の顔に警戒心が浮かぶ。

「わたしたちが話したこと、円城寺さんに言うんですか」

「いや、違います。わたしがここへ見回りに来て、みなさんと情報交換したことを記録として、きちんと残しておきたいだけです。署長に、報告しなきゃならないんでね」

茶髪の女は高野《たかの》辰子《たつこ》、太った女は鳥原俊子《としこ》と名乗り、それぞれ部屋番号を告げた。痩せた女は柴崎《しばさき》江津子《えつこ》といい、住まいは猿楽町《さるがくちょう》のデュプレ駿河台と称する、マンションだそうだ。駿河台小学校のＰＴＡで、会長の円城寺珠子とコンビを組み、副会長を務めているらしい。もっとも珠子とは、あまり気が合わないようだ。

俊子が念を押す。

「わたしたちのこと、ほんとうに円城寺さんに言わないんでしょうね」

「まあ、みなさんとお話ししたことは言いますが、どんな話をしたかまでは言いません。警察官には、守秘義務がありますからね」

梢田が、もっともらしい顔をして応じると、三人の顔にほっとした表情が浮かんだ。

辰子が口を開く。

「正直に言って、円城寺さんがこんなに早く、警察へ相談に行ってくださるなんて、期待していませんでした。なにしろ口ばかりで、何もしない人なんだから」

俊子も、そうだそうだというように、しきりにうなずく。

「でも、何もしない人だったらＰＴＡの会長なんかに、選ばれないんじゃないですか」

梢田が水を向けると、江津子が肩をすくめて言う。

「円城寺さんは弁の立つ人だから、対立候補がやり込められてしまうんですよ。わたしなんか、いたって口べたですし」

ふと思いついて、梢田は尋ねた。

「ところでみなさん、ご家族はどんな構成ですか」

三人がそろって、顔を見合わせる。

辰子が、最初に答えた。

「わたしは、主人と子供が二人、おります。息子は去年大学を出て、電機メーカーに就職いたしました。娘はまだ、大学三年生です」

続いて、俊子。

「夫と、娘が二人おります。上が大学一年生、下が中学二年生です」

最後に、江津子が答える。

「わたしは主人と別れて、子供二人と暮らしております。上が中学二年生の娘で、下が小学校六年生の息子です」

「すると、現時点で駿河台小学校にかようお子さんがいらっしゃるのは、柴崎さんお一人なわけですね」

江津子より先に、俊子がうなずいた。

「ええ。でも、わたしの下の娘は駿小《すんしょう》出身で、さっき話が出たように柴崎さんのお嬢さんと、同級生でした。この地区のマンションの、三十代のお母さんたちのお子さんは、みんな駿小にかよっていますよ」

駿河台小学校は、ドミサイル小川町から道路にして二本、御茶ノ水駅に寄った通りにある小学校で、この界隈《かいわい》ではかなり古い部類に属する。

辰子が、言葉を継ぐ。

「円城寺さんは、俊子さんと同い年ですけど、二人の息子さんはまだ小学生で、上が駿小の六年生、下が四年生なんです。上の息子さんが、柴崎さんの息子さんと、同級生でね。PTAの中では、いちばん年上でいらっしゃるから、みんなに一目置かれているのよね。それで、会長に選ばれたりするわけ」

江津子が、そのとおりだというように、深くうなずく。

梢田は、ポケットから例のビラを取り出して、三人に示した。

「このビラが、こちらのマンションのメールボックスに、はいっていたそうですね」

俊子はビラを見て、不愉快そうに眉《まゆ》をひそめた。

「ええ。うちなんか、まだ未成年の娘が二人もいるので、教育上よくないんです。だいたい、どうしてこんなビラをこのあたりでばらまくのか、理解に苦しむわ。盛り場やその周辺に住む、独身男性や外国人の多い地区でまかなければ、意味がないんじゃないかしら」

「そりゃまあ、投げ込む側にもそれなりの狙《ねら》いとか、事情があるんでしょうな」

「それに、こんなものが日常的に投げ込まれるなんて評判が立ったら、マンションの資産価値が下がりますよ。早急に、なんとかしていただかないと」

辰子はそう言って、一人でうなずいた。

梢田は、江津子を見た。

「お宅の、デュプレ駿河台では、いかがですか」

「今のところ、その種のものが投げ込まれた形跡は、ありませんけど」

辰子と俊子に、目をもどす。

「今日までの十日間に、このビラが三度も投げ込まれたと聞きましたが、三度目はいつでしたかね」

俊子が答える。

「おととい の午後遅く、だと思います。昼間、郵便を取りに出たときははいってなくて、夕刊を取りに来たらはいってましたから」

「おといね。念のため、メールボックスを今、確認していただけますか。そろそろ夕刊の時間だし、四度目が投げ込まれてないとも限らない」

辰子と俊子は、急いでメールボックスを調べた。

しかし、ビラは投げ込まれていなかった。

梢田は、自分の携帯電話の番号をメモして、辰子に渡した。

「もしみなさんのどなたでも、だれかがこの種のビラを投げ込む現場を見かけたら、すぐに連絡してください。署へかけるより、早く連絡がつきますから」

辰子が、上気した顔で言う。

「分かりました。刑事さんに来ていただいて、ほんとにほっとしました。円城寺さんも、いつもこんな風にすばやく動いてくれると、頼りになるんですけどね」

梢田は、適当に笑ってごまかし、腕時計を見た。

すでに、四時近くになっている。

「それじゃ、わたしはこれで」

三人を残して、ドミサイル小川町を出た。

少し早すぎるので、近所のゴルフ用具店で二十分ほど時間をつぶし、ホテル・アローに引き返した。

着いたときは、四時三十五分になっていた。

フロントでキーを受け取り、八階に上がる。

八五一号室は、外堀通りに面したセミダブルの部屋で、西日がもろに当たった。

ベッドカバーの上に、ごろりと寝転がる。

どんな女が来るのかと、少しどきどきした。かりに、すごい美人がやって来たら、どうしようか。ことをすませ、金のやり取りになってから逮捕するのは、やはり仁義にもとるだろうか。

いろいろと妄想が頭にわき、しだいに決心が鈍ってくる。

なにしろ、一万円も自腹を切って、投資したのだ。せめて、ペッティングとかキスぐらいしても、罰は当たるまい。

そんなことを考えながら、何度も時計を見た。

女はなかなか現れず、そのうち五時を回ってしまった。

五時十五分になると、何かの理由ですっぽかされたのではないかと、さすがに不安になった。

気持ちを落ち着けるために、バスルームに行って顔を洗う。

その最中に、いきなり胸のポケットで携帯電話が振動したので、梢田は驚いてタオル掛けに肘《ひじ》をぶつけた。

急いで手をふき、通話ボタンを押す。

「もしもし」

「もしもし、鈴木さん」

甲高い、少し訛《なま》りのある女の声が、耳に届く。

「ええと、そうだけど」

「よかった、うふふ。あたしよ、あたし」

「足立さんですか」

くだらぬギャグを言って、ちょっと時間を稼ぐ。

「足立じゃなくて、あ、た、し。五時の約束だったけど、中央線の故障があって、遅れちゃったの。今御茶ノ水駅だけど、これからでもいいかしら」

電車で来たのか。いかにも、わびしい感じだ。

しかし、そんなことはおくびにも出さず、梢田は応じた。

「いいとも。一晩でも待つよ」

「きゃあ、うれしい。直接、お部屋に上がってもいいわよね」

ずいぶん、気安い女だ。

「ああ、いいけどね。きみ、名前なんていうの」

「アケミ。もちろん、偽名だけどさ。あんただって、どうせ本名じゃないんでしょ、鈴木一郎だなんて。きゃはは」

毒気を抜かれた感じで、梢田は背筋をぴんと伸ばした。

「ええと、部屋は八五一号室だ。ノックは最初に三回、それから二回してくれ」

「分かったわ。ところで、変な趣味はないでしょうね」

「変な趣味って、どんな」

「鞭《むち》で引っぱたくとか、蠟燭《ろうそく》の蠟を垂らすとか」

「ああ、それはない。行灯《あんどん》の油も、なめないよ」

「きゃはは、よかった」

「とにかく、早く来てくれ」

通話を切り、深呼吸をする。

声の様子では、地方から出て来たばかりのころころ太った娘、というイメージだ。あまり期待はできないが、その方が事務的に仕事を進められる。

十分もたたないうちに、ドアにノックの音がした。三回、二回。

ベッドから身を起こし、通路を抜けて戸口へ行く。

ドアスコープからのぞくと、赤いブラウスに茶色の髪を長く垂らした女の後ろ姿が、レンズに映った。

梢田はチェーンをはずし、ドアを開いた。

「どうぞ」

くるり、と振り向いた女の顔を見て、思わずあとずさりした。

3

年齢の見当がつかない、目一杯怪しげな女だった。

おしろいを塗り立てた顔に、目がくらくらするほど真っ赤な口紅を差し、頬《ほお》を裏通りのネオンのように、ピンク色に染めている。

年齢不詳とはいえ、おしろいの下に隠されたしわの数からすると、若く見積もっても四十には達しているだろう。

梢田威は言葉を失い、ごくりと唾《つば》をのんだ。

女が、こわばった笑いを浮かべる。

「一郎君ね。あたしアケミ。おじゃましていいかしら」

真っ赤な唇の間から、銀歯が三本のぞいた。

アケミはぼてっとした体つきで、丸顔の頬がぷくんとふくらんでいるところは、洋食屋の看板に描かれている子豚に、そっくりだった。黒い緩めのパンツをはいているが、それでも腰のあたりがはち切れそうだ。

このままドアをばたんと閉じ、チェーンをかけてしまいたくなる。これが仕事でなかったら、即刻追い返すところだ。

梢田は、そっとため息をついて、戸口から身を引いた。

「ああ、はいってくれ」

まったく、ついてない。

アケミが、梢田に体を押しつけるようにして、はいって来る。香水ならぬ、加齢臭のようなものが鼻先をかすめ、思わず顔をしかめた。

ドアを閉め、アケミについて通路をもどる。

アケミはベッドに腰を下ろし、二、三度体をバウンドさせた。

「クッションがきいてるわね。こういうのって、意外とやりにくいのよね」

やる気はない。あったとしても、とうに失《う》せている。

梢田は、手近の椅子《いす》を引き寄せ、冷蔵庫を親指で示した。

「何か飲むか」

アケミはそれに答えず、薄笑いを浮かべたまま言った。

「なんだか、不景気な顔をしてるわね。あたしじゃ不満なの」

「うん。いや、そうじゃなくてさ。なんというか、ちょっとタイプがね」

「だって、あたしみたいな女がお好みの人だって、チーフから聞かされたのよ」

「チーフって、だれだ」

アケミは、肩をすくめた。

「お友だちよ。でも、あんたの注文と違うんだったら、チェンジしてもいいのよ。二回までは、無料だから」

「そうだな、ええと」

梢田は、少し考えた。

チェンジしても、万一この女よりひどいのがやって来たら、目も当てられない。

あらためて、口を開く。

「いや、あんたでいい」

「無理しなくていいのよ。まあ、あたしよりかわいい子って、そうはいないけどね。きゃはは」

梢田は、作り笑いをした。

そうだ、これは仕事なのだ。手っ取り早く、すませてしまおう。

こっちから金の話を切り出すのは、裁判になったとき違法行為を誘導した、と判断される恐れがあるので、控えた方がいい。

とりあえず、冷蔵庫から缶ビールを取り出して、グラスに注ぐ。

乾杯し、相手が一口飲むのを待って、梢田は持ちかけた。

「さてと、始める前に、条件を確認しておこうか」

アケミが、媚《こ》びるように身をくねらせる。

「終わってからにしてよ」

梢田は、急いで言った。

「いや、こういうことは早めにすませておいた方が、後腐れがなくていい」

「まったく、しっかりしてるんだから。それじゃ、六十分のコースで、いいかしら」

相手の方から、いちばん短いコースを口にしてきたので、わけもなくほっとする。

「ああ、それで頼む」

アケミは、ベッドにほうり投げたバッグを引き寄せ、真っ赤な財布を取り出した。

梢田も、ジャケットの内ポケットに手を入れ、財布を抜こうとする。

女が、財布から折り畳んだ札を抜き、梢田に突きつけた。

「はい、二万五千円。延長はなしにするわ」

梢田はあっけにとられ、札とアケミの顔を見比べた。

「な、なんだ、これは」

「なんだこれはって、六十分コースの料金よ。まさか、足元を見るつもりじゃないでしょうね。それ以上は、払えないわよ」

頭が混乱する。

「待て、待て。金を払うのは、こっちだろうが」

アケミが、眉根をきゅっと寄せて、梢田を見返す。

「冗談はやめてよ。あたしがお金を取ったら、りっぱな売春じゃないの。だいいち、お金を払ってまで、あたしを買う気になるの、あんた」

何がなんだか、わけが分からなくなった。

「まあ、そういう気にはなかなかなりにくいけど、せっかく来たんだから、おれの方から金を払って、だな」

アケミは、いきなり手にした札を梢田に投げつけ、ベッドにわっと泣き伏した。

「あんまりだわ。あんまりじゃないの。あたしだって、男にもてたいと思うわよ。でも、それができないから、こうしてお金でお願いしてるんじゃないの。それなのに、それなのに。いやだったらいやだって、最初から言ってくれたらいいのに」

そんなことを切れぎれにわめきながら、ベッドをめちゃめちゃにかきむしる。

梢田は途方にくれ、アケミの背中を軽く叩いた。

「ちょっと、待ってくれ。おれはビラを見て、てっきりかわいい女の子と遊べると思ったから、書いてあった電話番号に電話したんだ。あのビラを見れば、こっちが金をもらってばあさんの、というか、あんたみたいなおとなの女の相手をするなんて、そんな風に思う男はいないぞ」

アケミは身悶《みもだ》えして、梢田の手を払いのけた。

「その勘違いにつけ込んで、あたしたちは男の人と仲よくしてるんじゃないの。お金でも出さなけりゃ、だれがこんなおばさんと遊んでくれるもんですか」

そりゃまあそうだが、と言いかけ、あわてて言葉をのみ込む。

「しかしビラには、〈イイ女〉と書いてあったぞ。それも、特別でかい字でな。当然こっちは、イイ女と遊べると思うじゃないか」

「あれはね、気のイイ女っていう意味なの。あたしって、気だけはいいんだから」

「ああ、それはなんとなく分かるけどな。とにかくあのビラは、とんでもない詐欺広告だ。おれみたいな男に、女の子と遊べると誤解させるわけだから」

アケミは急に泣きやみ、ベッドから身を起こした。

きっとなって、梢田を睨みつける。

「詐欺だなんて、失礼ね。あたしは、お金をだまし取ろうなんて、してないでしょ。それに、ほんとに女の子なんかを宅配してお金を取ったら、売防法に引っかかることぐらい、子供でも知ってるわよ」

ぐっと詰まる。

「しかしだな、金を出して男を買うのだって、売防法違反かもしれんぞ」

「そうだとしたって、あたしはお金を払う方だから、罪にはならないわ。つかまるとしたら、お金を受け取るあんたの方よ」

「おれは、受け取ってない」

梢田は、急いで床に散らばった札を拾い集め、財布と一緒にアケミのバッグに突っ込んだ。

「一度は、受け取ったわ」

アケミが、しつこく主張する。

「受け取ってない。あんたが、勝手に押しつけたんだろう。そもそも単純売春には、罰則規定がないんだ」

確か、何年か前に落ちた巡査部長の昇任試験に、その種の問題が出た記憶がある。

どっちにしても、すっかり調子が狂ってしまった。

「さあ、おとなしく帰ってくれよ」

梢田がせかすと、アケミはベッドに大の字になった。

「帰るもんですか。あたしに恥をかかせておいて、悔しいったらありゃしない」

梢田はしかたなく、自分の財布から一万円札を抜いて、アケミの手に握らせた。

「さあ、これで機嫌を直して、どこかで一杯やってくれ」

「あたしは、売春婦じゃないわよ」

アケミがわめき、札を梢田に投げ返す。

「分かった、分かった。あんたが、金を払って男と遊びたいだけの、いたって気のイイ女だってことは、よく分かった。今度、もしおれがその気になったら、きっと電話する。だから今日のところは、このまま引き取ってくれないか」

いっそ、警察手帳を突きつけてやりたいが、そういうわけにもいかない。

アケミは、のろのろと上体を起こした。

「あぁあ、またふられちゃった。これで、半年もご無沙汰《ぶさた》なのよね」

化粧が崩れていないところを見ると、どうやらさっきの修羅場は嘘泣《うそな》きだったらしい。

「そのうち、いいこともあるさ」

早く追い出したいのをこらえ、梢田は辛抱強く言った。

さりげなく、ベッドに落ちた自分の一万円札を拾おうとすると、アケミがすばやくそれをつまみ上げる。

「しょうがないから、やけ酒でも飲もうっと」

梢田は、その札がアケミのバッグの中に消えるのを、未練がましく見つめた。

アケミが立ち上がり、そそくさと身繕いをする。

「その気になったら、ビラのケータイの番号に電話して、あたしの名前を言ってね。六十分といわず、百二十分でもいいわよ。一晩中なら、十万円奮発しちゃう。あんたって、体ががっちりしてるし、あっちの方も強そうだから。きゃはは」

そう言い残して、さっさと部屋を出て行った。

ドアが閉じると、梢田はベッドの上に靴ごと飛び乗り、さんざんに枕《まくら》を叩きのめした。

自腹で部屋を借りたあげく、鬼瓦《おにがわら》みたいなとんでもない年増がやって来て、しかもこっちを金で買おうというのだ。見込み違いもはなはだしい。

その上、なけなしの一万円札まで投げ出すはめになって、踏んだり蹴《け》ったりもいいところだ。ホテル代と合わせて、二万円の出費になった。不首尾に終わった今となっては、これ以上部屋を借りておく意味はないが、宿泊料金を払ったからには、一晩使う権利がある。

ふと思いついて、携帯電話を取り出す。一言苦情を言わなければ、気持ちが収まらない。

ビラに書かれた番号を、プッシュした。

「もしもし」

「鈴木一郎だ。話が違うじゃないか」

「とおっしゃいますと」

例の、音声変換器を通したような、妙な声が聞き返す。

「とぼけるんじゃない。イイ女を出前してくれると思ったのに、化粧したパンダみたいな女をよこしやがって。どこが、おれの好みだよ」

「お気に召しませんでしたら、二度まではチェンジできますが」

「そういう問題じゃない。てっきり、こっちが金を払って若い女と遊べると思ったのに、逆に金をもらって遊ばれそうになったぞ。あのビラは、詐欺広告じゃないか」

「いえ、わたしどもとしてはですね、お金をだまし取るようなことは、いっさいいたしておりませんので、詐欺にはならないと思いますが」

「それじゃ、なんだってこんな商売をやってるんだよ」

「まあ、いわば社会福祉とでも申しますか、男性に恵まれぬ女性のためにですね」

頭にきて、梢田は通話を切った。

確かに、金をだまし取られはしなかったが、一万円札をどぶへ捨てるはめになった。自分から出した以上、詐欺罪も恐喝罪も成立しないだろう。

梢田はののしり、部屋を出た。

フロントにキーをもどすとき、山田が意味ありげな含み笑いを漏らした。

アケミが、八五一号室に上がって来たことを、先刻承知しているらしい様子に、ますます頭にくる。

4

ぷりぷりしながら、梢田威は署へもどった。

生活安全課に、斉木斉の姿はなかった。

五本松小百合が、デスクでパソコンをいじっている。

「係長はどうした」

「今日は、クマモトマリを聴きに行くとおっしゃって、五時前に出られました」

「なんだ、その、熊《くま》も泊まり、とは」

小百合は、梢田を見て苦笑した。

「熊本県の熊本に、片仮名のマリ。有名な女流ピアニストです」

梢田が、顔をしかめた。

「熊本マリ。ピアニストだって」

「ええ。リサイタルがあるんですって」

「どこで。府中《ふちゆう》か、中山《なかやま》か」

「まさか。紀尾井《きおい》競馬場です」

そう言ってから、小百合は自分で笑い出した。

「紀尾井ホールだそうです」

梢田は、首を振った。

「ふうん。あいつが、ピアノのリサイタルね。おれが、エスペラント学会の年次総会に出かけて行くより、珍しい出来事だぞ」

デスクに着いたものの、急に不愉快になって付け足す。

「くそ、部下にめんどうな仕事を押しつけて、自分はのんびりリサイタルとは、許しがたい上司だ」

小百合はパソコンを閉じ、興味ありそうな目を向けてきた。

「めんどうって、どんなお仕事ですか」

梢田は鬱憤《うっぷん》晴らしに、円城寺珠子が署へねじ込んできたいきさつを、ビラを示しながらこと細かに説明した。

罠《わな》をかけるために、ホテル・アローに部屋を取って女を呼んだこと、ただし料金交渉の段になって逆に金を渡されそうになったことも、全部正直に打ち明ける。

アケミとの修羅場や、なだめるために一万円札を喜捨した一件は、黙っていた。

話を聞き終わると、小百合は眉根をきゅっと寄せて宙を睨み、ボールペンで顎《あご》の先を叩いた。

「妙な具合ですね」

「だろう。本番どころか、デリヘル的行為もない。いくらなんでも、向こうから金を払うと言われたら、売防法で逮捕するわけにいかないよなあ」

小百合は少し考え、梢田に目をもどした。

「どうやら、梢田さんはだまされたようですね」

驚いて、顎を引く。

「だまされた。おれは別に、何もだまし取られてないぞ」

ちらり、と一万円札のことを思い浮かべながら、虚勢を張った。

「そういう意味じゃなくて、相手が探りを入れてきたのに乗ってしまった、ということです」

「探りって、どんな」

「もちろん、梢田さんが警察関係者かどうか、確かめようとしたんですよ」

梢田は、言葉を失った。

ようやく、口を開く。

「おれがデカだってことが、ばれたというのか」

「ええ」

「おれみたいな、紳士的なデカがどこにいる」

「それがいけないんですよ、それが。そんな、鬼瓦みたいな顔の女性がやって来たのに、チェンジもせずにオーケーしたのが、まずおかしいわけですよ。普通のお客なら、もっとかわいい女の子をよこせとか文句を言って、絶対チェンジするはずでしょう。ビラにも、二度までチェンジ無料、と書いてあるじゃないですか」

「しかし、もっとひどいのが来たらどうしよう、と思ったんだ。いや、別に何もする気はないから、どっちでもいいんだけどな」

弁解がましく言い、耳の後ろを掻《か》く。

「とにかく、梢田さんがすんなりオーケーしたものだから、相手は警戒して一芝居打ったのだ、と思います。だいたい、あの手の商売をやっている連中は、電話をかけてきた男性の声やしゃべり方で、相手が警察関係者かどうかぴんとくる、といいますからね。

梢田さんも、たぶんそれで警戒されて、探りを入れられたんですよ」

梢田は、憮然とした。

「おれの声やしゃべり方の、どこが警察関係者に聞こえるのかな」

「ふだん、しゃっちょこばった口をきいている人が、急にくだけたしゃべり方をしたりすると、耳のいい人には分かっちゃうんですよね」

「だとしたって、ビラの相手はおれがふだんどんなしゃべり方をするか、知ってるはずがないだろう」

「どこかに、不自然な感じが出てしまうんですよ、きっと」

梢田はため息をつき、首の後ろで手を組んだ。

「くそ。きみの言うとおり、どうやらコケにされたようだな。ちょっと間をおいてから、今度は係長におとりになってもらおう。おれはもう、面が割れちまったし」

「係長は、もっとだめ。梢田さん以上に、デカでございますっていうにおいを、ぷんぷんさせているから」

「しかし、ほかにいないじゃないか」

そう言ってから、梢田はふと思い出して、ビラをつまみ上げた。

「そうだ。きみがいた」

小百合が驚いて、上体を引く。

「いくらなんでも、五本松に男のまねはできませんよ」

「そうじゃない。ビラの、最後から二行目を見ろ」

梢田がビラを突きつけると、小百合は声を出して読んだ。

「かわいい女の子募集。二十歳から二十九歳」

「な。つまり、このビラは男の遊び相手を務める女を、同時に募集してるわけさ。ここへきみが応募して、売防法違反の動かぬ証拠を、見つければいいんだ」

小百合の喉《のど》が、ごくりと動く。

「五本松に、デリヘル嬢になれ、と」

「その、チーフと称する元締めがきみに対して、デリヘル嬢以上のサービスを客にするように強要したら、売防法第十条違反の疑いで逮捕できるはずだ」

小百合は当惑した顔で、梢田を見返した。

「冗談は、やめてください。五本松はかわいくないし、女の子でもありません。年齢制限を、オーバーしています」

「そんなこと、かまうものか。たぶん面接があるだろうから、そのときにチーフの顔とか、どこを根城《ねじろ》にしてるとかも、分かるはずだ。ばっちり化粧して行けば、きみは十分かわいい二十代の女の子で、通用するさ。おれが保証する」

小百合は、むっとしたように梢田を睨んだが、急に頰を赤くして言った。

「ほんとうに、通用すると思いますか」

梢田は、なぜかどぎまぎしてしまい、頭を掻いた。

「まあ、おれの個人的な意見だがな」

小百合はまた少し考え、一大決心をしたように背筋を伸ばす。

「それじゃ、さっそくかけてみます」

梢田はびっくりして、椅子から転げ落ちそうになった。

「今、ここでか」

「まずいですか」

真顔で聞き返され、困惑する。

あたりを見回すと、生活安全課のフロアにはだれもいない。

梢田は声をひそめた。

「ケータイを使って、小声で話すんだぞ」

小百合はうなずき、携帯電話を取り出した。

ビラを見ながら、番号をプッシュする。

「もしもし。あの、ビラを見たんですけど、女の子を募集していらっしゃいますよね」

梢田は、下唇を突き出した。

まさか、ハローワークに電話しているわけでもあるまいし、しゃべり方が堅すぎる。

「いえ、ヒヤカシじゃありません。ええ、何をするかは、分かっているつもりです。面接していただけるんでしたら、どこでもうかがいますけど」

小百合は、少しの間相手の言うことに耳を傾けていたが、やがて眉根を寄せた。

「そうですか。それならそれで、かまいませんけど。はい。はい、そうですよね、自由恋愛ですよね。はい。法律に違反するようなことはしない、と」

小百合はそんな調子で、長ながと相手としゃべり続けた。身長や体重、体のサイズや容貌《ようぼう》などを、申告している。

数字はどうやらほんとうのサイズらしく、梢田の耳を気にする様子が見受けられた。容貌を〈中〉と自己申告したのは、当人としては謙遜《けんそん》したつもりらしいが、梢田にすれば相手を釣る意味でも、〈上〉と売り込んでほしかった。実際化粧さえすれば、それで十分通用する。

やがて、小百合は言った。

「はい。連絡は、今かけているこの番号にしていただいて、かまいません。ええと、それから、お客さんに料金をいただいたあと、何割かをそちらにおもどしするんですよね。どんな風に、お払いしたらいいんですか。は。はあ」

小百合の顔に、当惑の色が浮かぶ。

やがて通話が終わり、梢田は急《せ》き込んで尋ねた。

「なんだって」

「まず、面接はないんだそうです」

「そんな。顔も見ないで、決めるのか」

「ええ。最初のお客さんから、あとで印象や評価を聞くんですって。その分、初手の料金を安くする、ということらしいですけど」

「手数料は、どうやって払うんだ」

小百合が、ため息をつく。

「それが、初回は手数料を取らないんだそうです。一度目のお客さんが満足したら、二度目の紹介から手数料を取る、と」

梢田は、目をむいた。

「くそ。用心深いやつだな。すると、最低でも二回客を取らないと、元締めとコンタクトできないわけか」

「どっちみち、直接コンタクトはできないでしょう。手数料は、銀行振り込みか郵便為替じゃないですか。その線から、身元を洗うことは可能ですけど」

腕組みをして、しばらく考える。

「最初の客と会ったら、きみはすぐ相手に自分の正体を明かす。そいつに因果を含めて、大満足でしたと元締めに報告させるんだ。二人目も、そいつにリピートさせればいい。

客は、どっちにしても後ろめたいはずだから、協力せざるをえないだろう。とにかくきみは、何もいやな思いをすることなく、任務を果たせるわけだ」

小百合は、軽く首を捻《ひね》った。

「そんなにうまく、いくかしら」

「だいじょうぶだ。とにかく、元締めから最初の仕事の発注があるまで、待機するしかないな。二、三日かかるかもしれん」

「係長には明日報告、ということでかまいませんか」

「うん。熊本シンボリの出走中に、ケータイを鳴らすわけにもいかんだろう」

梢田は小百合と一緒に、駅前のお茶の水サンクレールの地下で、食事をした。金を払った以上は、部屋を借りたままなので、ホテル・アローに泊まるつもりだった。

小田急沿線のマンションへもどるより、そこで一泊する方が利口だ。

御茶ノ水駅で小百合と別れ、梢田は一人でホテル・アローへ行った。

フロントに、山田の姿はなかった。

「八五一号室」

梢田が手を差し出すと、髪がM字形に後退した別のフロントマンが、背後の棚を確認して言った。

「お連れさまがキーを持って、お上がりになったようでございますが」

梢田は、きょとんとした。

「おれには、連れなんかいないぞ。だれに渡したんだ」

気色ばんで聞き返すと、フロントマンは慇懃無礼な笑いを浮かべた。

「わたくしが交替いたしましたときは、もうキーはなくなっておりましたので」

「男か女かも、分からないのか」

「申し訳ございません」

フロントマンはそう言って、にっと笑った。事情はよく分かっている、という顔つきだった。

梢田は、急ぎ足でエレベーターホールに向かい、空いた箱に飛び込んだ。もしかして、アケミが出直して来たのだったら、どうしよう。

いや、まさか、それはあるまい。どうせなら、アケミが気を利かして別の女を送り込んできたのだ、と思いたい。

八五一号室の前で深呼吸をし、はやる気持ちを落ち着けた。

ノックしたが、返事がない。

しつこく叩き続けると、ようやく内側の通路に足音が響いて、ドアが引きあけられた。

戸口へぬっと突き出されたのは、ダックスフントに負けないくらい間延びした、斉木斉の鼻面だった。

5

梢田威は死ぬほど驚き、思わずのけぞった。

「な、なんであんたが、ここにいるんだ」

斉木斉は仏頂面をして、梢田の顔をつくづくと眺めた。

「せっかく一晩借りたのに、使わずにおくのももったいないから、泊まってやろうと思っただけさ」

「泊まってやろうだと。冗談じゃないぞ。おれが、自腹を切って借りた部屋を、なんであんたに使わせなきゃならないんだよ」

「固いことを言うな。昨日今日の付き合いじゃあるまいし」

「あんたが泊まるんなら、一万円先払いした分を払ってくれ」

言い争っていると、エレベーターホールの方から宿泊客らしい男が、廊下をやって来た。

斉木は、しぶしぶという感じで梢田を戸口に引き込み、ドアを閉じた。

ベッドに行くと、斉木はすでに着替えようとしていたのか、カバーの上に浴衣が出ている。

「おい、これはどういうことだ。そもそも、フロントはどうしておれに断りもなく、あんたにキーを渡したんだ」

斉木はベッドに腰を下ろし、梢田を見上げた。

「フロントの山田が、勝手によこしたんだ」

「いくら顔見知りでも、勝手に他人にキーを渡すとは、けしからんじゃないか」

「他人とは、思わなかったんだろう」

梢田は、ナイトテーブルに載った、ビールの空き缶を見下ろした。

アケミとは、一本を半分ずつしただけだが、すでに四本に増えている。斉木一人で、三本も飲んだ勘定だ。

「だいたい、あんたは今夜なんとかいう女流ピアニストの、リサイタルに行くはずじゃなかったのか。五本松が、そう言ってたぞ」

「気が変わったのさ。それより、おまえの方の首尾がどうだったか、報告しろ」

そう催促されて、曲がりなりにも斉木が上司だったことを思い出し、梢田は腹の中で悪態をついた。

どさり、と椅子に腰を落とす。

「だめだった。肩透かしを食わされたよ」

この部屋での、アケミとの応酬を細大漏らさず、報告した。

聞き終わると、斉木はとげのある声で笑った。

「やはりそうか。おまえがデカだってことは、だれでも一目見れば分かるからな」

「今さら、それはないだろう。おれに、おとりの客になれと言ったのは、あんただぞ」

「おまえの、口のききようや対応のしかたが、相手を警戒させたんだ。一度でも女をチェンジすれば、疑われることもなかっただろうに」

五本松小百合と、同じようなことを言う。

「おれだって、このまま引っ込むつもりはない。実は、署へもどってから五本松と話をして、別の罠を仕掛けることにした」

梢田が言うと、斉木は疑わしげな目をした。

「どんな」

「あのビラの最後に、〈かわいい女の子募集〉とあっただろう。だから五本松に、ケータイで応募させたんだ」

斉木は、ぽかんと口をあけた。

「五本松に」

「そうだ。五本松をおとりにして、組織売春の証拠をつかむんだ」

「しかし、五本松はかわいい女の子とはいえんし、もう三十を過ぎてるぞ」

梢田は、指を振り立てた。

「その発言は、五本松に伝えておこう」

斉木が、口をへの字に曲げる。

「この野郎、人の揚げ足をとりやがって。それで、その作戦はうまくいったのか」

「まだ分からん」

署で、小百合が相手とやり取りした交渉の内容を、詳しく説明した。

「つまり、最初の客が五本松のケータイに連絡してくれば、そいつに因果を含めて協力させるわけだ」

「客がつかなかったらどうする」

「すぐには無理でも、二、三日中にはつくさ。向こうは、五本松を見てないからな」

斉木が、にっと笑う。

「その発言は、五本松に伝えておこう」

梢田は舌打ちした。

「そういう意味じゃない。分かってるくせに」

「どっちにしても、最初の客がつくまで、待つしかあるまい」

斉木は、そう言って冷蔵庫の扉をあけ、また缶ビールを取り出した。

「おい、人の部屋だと思って、そうばかばか飲むな。ただじゃないんだぞ」

梢田が苦情を言うと、斉木はかまわず二つのグラスに、ビールを注いだ。

「けちけちするな。捜査の成功を祈って、乾杯しようじゃないか」

しかたなく、グラスを取り上げる。

飲もうとすると、縁に口紅のあとがついていた。夕方、アケミが使ったグラスだったのだ。

梢田は、グラスを置いた。

「くそ、縁起でもねえ」

斉木は無頓着《むとんちやく》に、さっさとグラスを干した。

げっぷをして言う。

「しかたがない。今夜はおまえと、一つベッドで同衾《どうきん》するか」

梢田は、椅子から飛び上がった。

「冗談じゃない。こんなとこに、二人も泊まれるか」

「セミダブルだぞ。浴衣も歯ブラシセットも、ちゃんと二人分ある」

「そういう問題じゃない」

「おれは寝相もいいし、歯ぎしりもしないがね」

「そういう問題じゃない、と言ってるだろう」

斉木は、肩をすくめた。

「それじゃ、しかたがない。おれと一緒がいやなら、家に帰って一人で寝るんだな」

梢田はためらったが、斉木と同じベッドにもぐり込むのを想像すると、身震いが出た。

「分かったよ。身の安全のために、おれは家に帰って寝る。しかしホテル代は、きっちり返してもらうからな」

「ビールは、おれがおごる」

「おごるだと。ほとんど、一人で飲んだくせに」

斉木は、まるで聞こえなかったというように、手を振った。

「それじゃ、またあしたな。遅刻するなよ」

梢田はぶつぶつ言いながら、しかたなく戸口へ向かった。

その背中へ、斉木が声をかける。

「駿河台下近辺のビルで、ビラやチラシの投入現場を見た者がいないかどうか、聞き込みをしてみろ。例のビラは手書きだから、たぶん自分たちで投げ込んだに違いないが、どこかのポスティング業者か、アルバイトにやらせた可能性もある。その線から、身元をたどることができるかもしれん」

「分かった」

梢田は短く答え、そのまま客室を出た。


翌朝。

梢田が生活安全課にはいると、保安二係には小百合の姿しかなかった。

不在告知板の斉木の欄に、小百合の字で〈聞き込み、午後一時出〉と書き込みがある。どうやら、朝一番で電話を入れてきたらしい。

「聞き込みって、どこでなんの聞き込みだ」

梢田の質問に、小百合は首を捻った。

「なんの聞き込みか知りませんけど、立ち寄り場所は池袋《いけぶくろ》だとおっしゃいました。係長のご自宅は、西武池袋線の椎名町《しいなまち》ですから、署へ一度出るより途中で立ち寄った方が、近いそうです」

梢田は、あっけにとられた。

「しかし、やっこさんはゆうべ淡路町のホテル・アローに、泊まったんだ。自宅から来るはずはないぞ」

小百合が、目をぱちぱちさせる。

「ホテルには、梢田さんが泊まったんじゃないんですか」

「それが、行ってみたらやっこさんがちゃっかり部屋を占領して、のほほんとくつろいでいやがった。熊本マリのリサイタルなんて、うまいことぬかしやがって。だいたい、ピアノとオルガンの区別もつかないやつに、リサイタルが聞いてあきれるよ」

梢田が言うと、小百合は顎を引いた。

「五本松が、例のビラのおとりになったことを、係長に報告してくださいましたか」

「ああ、しておいた。当面は、元締めから最初の注文がはいるまで、待つしかあるまいということになった」

おそらく、斉木はチェックアウトの時間がくるまで、客室でのんびり朝寝を決め込むつもりだろう。

小百合が、首をかしげる。

「五本松としては、電話がかからなければいいなと思う反面、かかってこなかったらちょっとさびしいな、という気もしますね」

「かかってこなけりゃ困る。何がなんでも、最初の客の首根っこを押さえつけて、協力させるんだ」

デスクワークを片付けたあと、梢田は駿河台下方面へビラの聞き込みに行く、と告げて席を立った。

小百合も、腰を上げる。

「五本松も、ご一緒します。手分けした方が、仕事が早いでしょう」

「きみは、例の電話がかかってくるかもしれないから、ここで待機した方がいいだろう」

「ケータイだから、どこにいたってだいじょうぶです。だいいち、こんな時間に女性と遊ぼうなどという人は、いませんよ」

それもそうだ。

梢田は、小百合と一緒に署を出て、靖国通りにおりた。

左右に分かれて、聞き込みを始める。

通りには、個人商店に混じって小さなビルがいくつも建ち、入り口にメールボックスが並んでいる。

梢田は、適当なビルに次つぎと飛び込み、オフィスの総務担当者に質問してみた。

その結果、種々雑多なビラやチラシがしばしば投げ込まれるが、その現場を見た者はだれもいないことが分かった。

収穫らしいものといえば、何軒目かで〈ポスティング請け負います〉という、ポスティング業者のビラが、手にはいったことだった。念のため、あとで問い合わせてみよう。

四十分後、駿河台下のすずらん通りの入り口で、小百合と落ち合った。

小百合も、収穫なしだという。

今度は、すずらん通りのビルに、取りかかる。

中ほどの十字路を越えたあたりで、向かいのビル駐車場から出て来た小百合が、梢田に合図した。

「どうした」

声をかけると、小百合は通りを渡ってそばに来た。

「例のビラかどうかは分かりませんけど、そこの駐車場の管理人さんが、ポストに何か投げ入れている人を、見たんですって」

「どんなやつだ」

小百合が、顔を寄せてくる。

「それが、ウラテツなんだそうです」

6

「ウラテツ」

梢田威は、おうむ返しに言った。

ウラテツとは、神保町や小川町界隈を根城にする、路上生活者のことだった。その風《ふう》貌《ぼう》、立ち居ふるまいから〈路地裏の哲学者〉、略してウラテツと呼ばれている。

御茶ノ水署では、他人にひどい迷惑をかけないかぎり、ウラテツの路上徘徊《はいかい》に目をつぶっている。ウラテツは、いつもフードつきのレインコートに身を固め、めったに素顔を見せない。

もっとも、梢田は一度だけ不精髭《ぶしようひげ》を剃《そ》ったウラテツの顔を、じっくり見たことがある。あだ名のとおり、なかなかインテリ臭い顔の持ち主だった。

そのウラテツが、ビラ投げ込みのアルバイトをしているとは、知らなかった。

五本松小百合が言う。

「元締めが、だれかにビラの投げ込みをやらせるとすれば、ポスティング業者よりウラテツのような人を使う方が、身元をたどられないから安心でしょう」

「そうだな。とにかくウラテツを探して、例のビラに心当たりがないかどうか、聞いてみよう」

二人はまた手分けして、神保町一帯の裏通りを歩き回った。

三十分後に、小百合が携帯電話に連絡を入れてきた。靖国通りの向こうで、ウラテツを見つけたという。

錦華公園で、落ち合うことにする。

錦華坂に上がる階段の下のベンチに、小百合と並んですわるウラテツの姿が見えた。

ウラテツは、例の汚れたレインコートを体に巻きつけ、フードを深く下ろしていた。

梢田は、小百合とウラテツを挟むかたちで、ベンチにすわった。

「ちょっと聞くが、近ごろこの界隈のビルやマンションのメールボックスに、ビラを投げ込むアルバイトをしてないか」

ウラテツはためらいながら、こくりとうなずいた。

ポケットから、例の〈イイ女〉のビラを取り出し、フードの下に突きつける。

「こいつも、その一つか」

梢田の問いに、ウラテツは小さく肩を揺すっただけで、答えない。

向こう側から、小百合が言う。

「別にそれが悪い、と言っているわけじゃないのよ。わたしたちが知りたいのは、もしあなたがこのビラを投げ込んだとしたら、だれに頼まれたかということなの」

ウラテツは、黙ったままだった。

梢田は、肘でウラテツの脇腹《わきばら》をついた。

「おい、どうした。協力しないと、路上徘徊の罪で引っ張るぞ」

軽く脅しをかけると、小百合が目顔でそれを制する。

小百合は小銭入れを取り出し、百円玉をいくつかウラテツの手に握らせた。

「これで、ワンカップ大関でも飲みなさいな。酔っ払わない程度にね」

ウラテツは頭を下げ、硬貨を握った手をポケットにしまった。

「このビラを、ドミサイル小川町に投げ込んだのは、あなたでしょう。正直に言いなさい」

小百合の問いかけに、ウラテツがまた小さくうなずく。

小百合は、やさしい口調で続けた。

「だれに頼まれたの」

ウラテツが、肩をすくめる。

「女の人です。名前は知りません」

梢田と小百合は、目を見交わした。

「どんな女だ」

梢田が聞くと、ウラテツはフードの上から頭を掻き、自信なさそうに答えた。

「四十代半ばの、痩せた女です。パーマした髪にピンクの服を着て、縁のとがった赤っぽいフレームの眼鏡を、かけていました」

かすかに、記憶に触れるものがある。

「どこで頼まれたんだ」

「十日ほど前、神田錦町《にしきちょう》の裏通りを流しているとき、声をかけられたんです。一万円やるから、これを何日かおきにドミサイル小川町のメールボックスに、投げ込んでくれと」

そう言って、ウラテツがポケットから、手を出す。

見ると、例のビラがごそりと束になったまま、握られていた。

梢田はそれを取り上げ、ざっと数えてみた。およそ百枚ほどで、まだ一回や二回分はありそうだ。

ウラテツが続ける。

「うまく投げ込んだら、また頼むかもしれないそうです」

小百合が、口を開いた。

「その女の人が言ったのは、ドミサイル小川町だけなの。ほかのマンションやビルには、投げ込まなくてもいいの」

「ドミサイル小川町だけです。ほかのビラと違って、そこ以外に投げ込む必要はない、と言われました」

「その女を、それ以前でも以後でもいいから、見かけたことがあるか」

梢田の問いに、ウラテツは少し間をおいた。

「はっきりしないけど、見たことがあるような気もしますね。たぶん、このあたりの人じゃないか、と思います」

梢田は、ビラをポケットにしまった。

「これは、おれが預かっておく。二度と、こんなビラを配るアルバイトなんか、引き受けるんじゃないぞ」

ウラテツが、恐るおそるという感じで、尋ねる。

「あの、ええと、女の人から受け取った一万円は、どうすればいいでしょうか」

「取っとけ。むだ遣いしないように、どこかに埋めておいた方がいいな」

そう言い残して、ベンチを立つ。

小百合が、あわててあとを追って来た。

「どこへ行くんですか」

「昼飯だ。この先で、喜多方《きたかた》ラーメンを食おう」

「それから」

「ドミサイル小川町へ行く。ウラテツの言った人相の女は、ビラ投げ込みの取り締まりを署に頼みに来た、円城寺珠子にそっくりだ」

小百合が、足を止める。

「まさか。自分で投げ込ませておいて、その取り締まりを頼みに来るなんて、おかしいじゃないですか」

梢田も立ち止まり、小百合を振り向いた。

「だから、その理由を聞きに行くのさ」

「人違いじゃないんですか」

「いざとなったら、ウラテツに面通しをさせる。さあ、ラーメンだ」

喜多方ラーメンを食べたあと、梢田は小百合と一緒にドミサイル小川町へ行った。

玄関ホールのドアで、ちょうど中から出て来た茶髪の女と、ぶつかりそうになる。

昨日話をした、高野辰子だった。

辰子は、愛想よく笑った。

「あら、毎日ごくろうさまです。今日はまだ、投げ込まれていませんけど」

「それはよかった。ところで、円城寺さんの奥さんは、ご在宅ですかね」

辰子は人差し指を、こめかみに当てた。

「今日はお昼を挟んで、PTAの会合があると言ってましたから、まだ駿小の会議室じゃないかしら」

「どうも」

本郷通りへ向かう辰子を見送って、梢田は小百合に顎をしゃくった。

「駿河台小学校だ。行ってみよう」

その小学校は、保険会社の大きなビルの向かいに、建っていた。

用務員に確認すると、確かに二階奥の会議室でPTAの会合が開かれている、という。

弁当の片付けが始まったので、そろそろお開きになるはずだ、と用務員は付け加えた。

用務員室で待たせてもらううちに、十分ほどしてぞろぞろと廊下を歩いて来る、人の気配がした。

一足先に用務員室を出て、校門のそばで待機する。

やがて、二十人ほどの中年の女たちが校舎からあふれ、校門の方へやって来た。

先頭に立つのは、円城寺珠子だった。前日と同じ、ピンクのスーツを着ている。

梢田は珠子を呼び止め、小百合を引き合わせた。

珠子は、そっけなく小百合に挨拶《あいさつ》をしたあと、梢田に目をもどした。

「報告はお電話で、と申し上げたはずですけど」

「いや、電話よりも直接お話しした方が早い、と思いましてね」

珠子は、とがった眼鏡の縁に指を触れ、切り口上で言った。

「それで、何か分かりましたの」

そばを通り抜けて行く女たちの中に、ＰＴＡ副会長の柴崎江津子の姿がある。江津子は、梢田に意味ありげに目礼しながら、そばを通り抜けて行った。

珠子は、不愉快そうにその後ろ姿を見やり、また梢田に目をもどした。

梢田は言った。

「実は、ビラを投げ入れた男が、分かりました。ウラテツと呼ばれる、この界隈の路上生活者ですがね」

「ウラテツ。路上生活者」

珠子は繰り返し、軽く眉をひそめた。

「ええ。その男が、例のビラをドミサイル小川町へ投げ込むよう、ある女性から一万円で頼まれて、請け負ったんです」

表情の変化を見逃すまいと、梢田はじっと相手の顔を見守ったが、珠子は頬の筋一本動かさない。

「そんなことを頼む女性がいるなんて、わたくしには信じられませんわ。いったい、どこのどなたざますの」

「ウラテツの話によれば、ピンクの服を着た痩せ型の女性、ということなんですがね。なんでも縁のとがった、赤っぽいフレームの眼鏡をかけていた、とか」

珠子は、瞬《まばた》きしてしばらく考えていたが、やがて真っ赤になった。

「その女が、わたくしだとおっしゃるんですか。失礼な」

「いや、そうは言ってません。ただ、ウラテツがそう言っている、と申し上げただけで」

「でもわたくしには、そういう口ぶりに聞こえましたざます。いったい、何を考えてらっしゃるのか」

珠子はぷりぷりしながら、さっさと歩き出した。

そのとき、小百合のバッグの中で携帯電話の着信音が、鳴り出した。

小百合が応対する間に、梢田は珠子のあとを追いかけた。

「すみません、奥さん。待ってください」

珠子が、くるりと向き直る。

「どうしてわたくしに、そんな自作自演をする必要があるんざますか。よくよく、お考えあそばせ」

「あそばす前に、ウラテツと会っていただくと、はっきりするんですがね」

背後で、小百合の声がする。

「梢田さん。一緒に来てください」

梢田は振り向いた。

「なんだ、うるさいぞ。まだ話は終わってないんだ」

「係長からなんです。すぐに、来てくださいって」

「係長。どこへだ」

「駅前のアーゴシー御茶ノ水、というマンションだそうです」

「しかし」

顔をもどすと、珠子はすでにすたすたと歩き去り、少し先の四《よ》つ辻《つじ》を越えるところだった。

「急いでください。何か事情がありそうなんです」

そうせかされて、梢田はしかたなく珠子のことをあきらめ、小百合のあとから歩き出した。

アーゴシー御茶ノ水は、駅のお茶の水橋口からかえで通りにはいった、左側にあるオフィス仕様のマンションだ。

「いったい、なんだというんだ、係長は」

「分かりません。とにかく、すぐ来てくれと」

お茶の水仲通りを小走りに駆けのぼり、線路沿いの茗渓《めいけい》通りを左に折れて、お茶の水橋口に出る。明大通りを渡り、人がたくさん行き来するかえで通りにはいって、アーゴシー御茶ノ水へ行った。

赤レンガが敷かれた、玄関ホールにつながるアプローチには、だれもいない。

「どうした。だれもいないじゃないか」

梢田は、ガラスのドアをあけてホールにはいり、メールボックスをざっと眺めた。個人名よりも、法人名や事務所名が多い。

そばに来た小百合が、言い訳がましく説明する。

「係長が、急いでここへ来てくれとおっしゃったのは、ほんとなんです」

ふと、アプローチの方に視線を向けた梢田の目に、ボストンバッグを下げた女の姿が映った。

さっき、駿河台小学校の校門ですれ違った、柴崎江津子だった。江津子は、梢田を見るなり顔をこわばらせ、足を止めた。

そのしぐさが、何かを思い出させる。

梢田が、ガラスドアに向かおうとするのを見て、江津子はくるりときびすを返した。

アプローチを駆け出ようとする、江津子の前にすばやく立ち塞《ふさ》がったのは、斉木斉だった。

7

柴崎江津子は、逃げ道を塞がれたネズミのように、きょろきょろした。

しかし、最後にはガラスのドアを抜け、中にはいって来た。

その後ろから、斉木斉が声をかける。

「そのバッグの中に、変装の道具がはいっていないかどうか、確認させていただけませんかね、柴崎さん」

梢田威も、口を開いた。

「それとも、アケミと呼んだ方がいいかな」

五本松小百合が、口をぽかんと半開きにして、斉木と梢田を見比べる。

江津子は、赤くなったり青くなったりしながら、メールボックスの方に後ずさりした。

斉木が、梢田を見る。

「知ってたのか」

「いや。たった今、勘が働いた。体の動きでな」

小百合が、わけが分からぬという様子で、斉木に言った。

「係長は、なぜここに。池袋で、聞き込みじゃなかったんですか」

「あれは、ただの方便だ。熊本マリも、嘘っぱちさ。おれだって、ただぐうたらしていたわけじゃない。デュプレ駿河台から駿河台小学校、それからここまで彼女をつけて来たんだ」

斉木は応じて、江津子の方に向き直った。

「さて、署までご同行願いましょうか。むろん任意ですから、強制はできませんがね。ただし、このアーゴシー御茶ノ水に借りておられる、〈イーエス企画〉のオフィスはわたしの一存で、封印させてもらいます。今日にも捜索令状を取って、家宅捜索をするつもりです」

江津子が、メールボックスに背中を預けたまま、甲高い声で言う。

「わたしは別に、違法行為はしていませんけど」

「その話は、署でうかがいましょう。たとえ違法行為でなくても、PTAの役員としてふさわしい行為かどうか、一緒に検討しようじゃありませんか」

斉木がもっともらしい口調で言うと、江津子は唇を嚙んで首を垂れた。


三日後の夜。

梢田は斉木、小百合と連れ立って、神保町のバー〈木魚のつぶやき〉へ行った。

ママの桐生夏野に聞くと、二階の座敷が空いているというので、そこに上がった。

広くはないが、酒食の持ち込みが自由な個室になっており、寿司《すし》でもうなぎでもなんでも好きなものを、出前で取り寄せられる。貸席のようなものだ。

夏野に、焼酎《しょうちゅう》のボトルと簡単なつまみを発注し、適当な時間に寿司を持って来てくれるよう、出前を頼んだ。

斉木が言う。

「今夜は、おれのおごりだからな」

小百合はすなおに拍手したが、梢田は徹底的に無視した。

斉木が、いっこうにホテル代を精算しないので、今夜のおごりもそこから回すに違いない、と分かっていたからだ。

乾杯して、小百合が言う。

「柴崎江津子を有罪にするのは、むずかしそうですね。弁護士がやり手のようですし」

江津子についた女の弁護士は、江津子がデリヘル業を仕切っていた事実は争わず、売春斡旋《あっせん》に関して全面否認する戦法に出た。

江津子が、仕事のために借りていたアーゴシー御茶ノ水のオフィスから、デリヘル嬢と常連客のリストが、押収された。

しかし、客のだれからも売春行為を認める証言は、得られなかった。みながみな、セックスはしなかった、と主張した。

デリヘル嬢と遊んだことを、職場や家庭にばらすと暗に脅しをかければ、普通は協力する客が多いものだが、今回はあてがはずれた。

どちらにしても、ＰＴＡの副会長ともあろうものがそういう副業に手を染め、しかも会長を陥れるために珠子になりすまして、ビラの投入をウラテツに頼んだりした事実から、道義的責任を追及されることは間違いない。

小百合が、感心したように言う。

「それにしても、係長はただ遊んでらしたわけじゃないんですね。失礼ながら、見直しました」

梢田は鼻を鳴らしたが、反論はしなかった。

斉木から、あとで聞かされた話は、こういう次第だ。

熊本マリのリサイタルに行く、と言って署を出た斉木はその足でホテル・アローへ出向き、フロントの山田に断って八階に上がった。

非常階段の、ドアの隙間《すきま》からフロアを見張っていると、約束の時間より三十分ほど遅れて、派手な身なりの女が八五一号室を訪れた。

それが、アケミだった。むろんその時点では、斉木は名前を知らない。

それを確認してロビーにもどり、ソファにすわって待機した。

斉木の自慢話によると、梢田が刑事だということはすぐに見破られ、適当な口実で女に逃げられる、と読んでいたそうだ。

案の定、三十分足らずでおりて来たアケミを、斉木は尾行した。

アケミは、梢田に尾行されるのを警戒するように、ときどき後ろを振り返ったが、斉木につけられているとは知らず、まっすぐアーゴシー御茶ノ水にはいった。

その途上、だれかと携帯電話で話をしていたというが、それはおそらく梢田がかけた苦情の電話で、アケミは巧みにチーフとの一人二役を、演じていたのだ。

斉木はアプローチから、アケミがのぞいたメールボックスの位置を、抜け目なく頭に入れた。

アケミが、エレベーターに消えたあとでチェックすると、〈イーエス企画〉のボックスと分かった。

さらに三十分後、アケミがマンションを出て来たときは服装が変わり、顔立ちも体つきも別人のように、痩せていた。

しかし、すぐに同一人物と察しがついた。斉木によれば、人が意識せずに歩くときは独特の癖が出るもので、その歩き方は急には変えられない、という。

女は駿河台から猿楽町へくだって、デュプレ駿河台というマンションにはいった。

近所の酒屋で聞き込みをした結果、女の名は柴崎江津子と分かった。〈イーエス企画〉のESは、名前の頭文字を取ったものと見当がついた。

斉木は、とりあえずそれで満足して切り上げ、ホテル・アローに引き返した。

梢田はすでに署へもどり、部屋はあいたままになっていた。

そこで斉木は、山田からキーをもらって部屋に上がった、という次第だった。

そして翌日は、朝から駅前の交番で猿楽町地区の巡回連絡票を繰り、デュプレ駿河台から江津子の分を見つけて、経歴を調べた。

その結果、江津子は女子大時代に演劇部の部長をしており、卒業後も結婚するまで某貧乏劇団に、在籍していたことが分かった。

そこで初めて、痩せた体型の江津子がふっくらした顔立ちの、腰の張った女に変身した理由が明らかになった。含み綿や差し歯、詰め物などを利用すれば、演劇経験者が人相や外見を変えるのは、さほどむずかしいことではない。まして、体型の似た円城寺珠子になりすますのは、たやすい芸だっただろう。

そのあたりまで確認してから、斉木は江津子の見張りについた。梢田と小百合が、駿河台小学校に出向いたときには、すでに斉木は近くにひそんでいたという。

ちなみに、江津子がデリヘル嬢として契約した若い娘たちも、同じ売れない貧乏劇団に所属する、後輩の団員ばかりだった。

江津子は、〈イーエス企画〉で演劇関係の印刷物を制作していたが、それだけではなかなか食べていけず、副業を始めたようだ。

江津子は、営業用の携帯電話をいくつも所持しており、あちこちに別々の番号でビラをまいていた。

電話をかけてきた客には、すべて江津子が声を変えて応対する。客の趣味を聞き、スタッフの中から好みに合いそうな娘を選んで、当人から連絡させるのだった。

それからあとのことは、江津子は関知しないと言い張った。

スタッフからの割りもどしは、直接江津子に手渡しされることになっており、手数料は二十パーセントと、比較的安い。江津子に言わせれば、食えない劇団員のためのアルバイト紹介で、売春の斡旋などとんでもないことだそうだ。

御茶ノ水署の上層部は、この程度の証拠では検察官が公判を維持するどころか、起訴に持ち込むのも困難だろう、という見方に傾きつつある。

ただし江津子が、珠子とまぎらわしい服装とメークアップをして、ウラテツにドミサイル小川町へビラを投げ込ませた行為は、放置できなかった。

そこには、珠子をPTA会長の座から引きずりおろすため、評判を落とそうという悪意が感じられる。

それが、名誉毀損《きそん》に当たるのではないか、という論議が交わされた。

しかし名誉毀損は親告罪であり、珠子が江津子のPTA副会長辞任を条件に、告訴しないと言い出したので、これも立ち消えになった。

やがて座敷に、寿司の出前が届く。

いつものように、斉木がウニを全部食べてしまわないうちに、梢田はすばやく自分の分を確保した。

どのみち、取りもどせそうもない例のホテル代が、この特上寿司三人前に化けたとすれば、好きなだけ食わない手はない。

あまり急いで食べたので、胸がつかえてしまった。

一息入れて言う。

「それにしても柴崎江津子は、どうしておれをデカと見破ったのかな」

江津子は、相手が警察関係者ではないかと疑ったときは、みずからアケミという不細工な女に扮装《ふんそう》して、様子を探るのが常だったらしい。警察官と確信したら、逆に金を払って男を買う風を装い、相手を煙《けむ》に巻くのだ。

斉木が応じた。

「当然だろう。ホテル・アローへ行く前に、おまえはドミサイル小川町で柴崎江津子と、顔を合わせてるんだからな」

「しかし、そのときはまだ電話してきた客がおれだとは、分かってなかったはずだ。まさか、一度電話で聞いただけで声を覚えて、おれと見破るのは無理だろう」

「ホテル・アローの客室で、おまえの顔を見て分かったのさ」

「それなら、ドアが開いておれが顔をのぞかせたとたん、ぎくりとするのが普通だ。ところが、柴崎江津子ははなっから驚いた様子もなく、堂々とアケミを演じていた。いくら演劇部でも、あそこまでうまい芝居はできない、と思うがなあ」

「きっと、演劇をやる連中は一度芝居を始めたが最後、扮装した人物になり切るんだな。天地が引っ繰り返っても、驚かないようにできてるんだよ」

「それにしても、できすぎだ」

梢田は納得がいかず、何度も首を捻った。

それまで黙っていた小百合が、急にぽんと手を叩く。

「分かりました。ドミサイル小川町へ行ったとき、梢田さんは柴崎江津子を含む三人の主婦に、ビラを投げ込む現場を見つけたら知らせるようにって、ケータイの番号をメモして渡した、と言ったじゃないですか」

「そうか」

梢田は、そのときのことを思い出して、膝を打った。

江津子は、その番号を見て自分の携帯電話にかけて来た客が、梢田だと分かったのだ。

しかし、疑問もある。

「だったら、なぜ江津子はホテルへやって来たのかな。警察官と分かった以上、すっぽかした方が安心だろうに」

「きっと、演技力に自信を持ってたんですよ。それに、警察の狙いがどこにあるのかも、知りたかったんじゃないかしら」

　梢田は、首を振った。

「とにかく、あの女が売春斡旋業をやってたことは、間違いないんだ。このまま不起訴にして、いいものかな」

「デリヘルをいちいち取り締まってたら、デカが何人いても足りないぞ」

　しれっとして言う斉木に、梢田は嚙みついた。

「よく言うぜ。一六勝負とか、こむずかしい理屈を並べていたのは、どこのどいつだ」

「それを言うなら、一罰百戒だ」

　斉木は、大トロを口に投げ込み、続けた。

「ま、堅い話は抜きにしてだな、どんどん食ってくれ。おれのおごりだからな」

「おごりは分かったが、おれのホテル代はどうなるんだよ」

　詰問すると、斉木は聞こえなかったふりをして、別の大トロに箸《はし》を伸ばした。

　梢田が、なおも言い募ろうとしたとき、携帯電話の着信音がした。

　梢田も斉木も、はっとしてポケットを探る。

　小百合が、携帯電話を取り出して、通話ボタンを押した。

「はい」

　そう返事をして、相手の言葉に耳を傾けていた小百合の顔が、みるみるこわばる。

「番号違いです。二度と、かけないでください」

小百合は言い放ち、携帯電話をバッグに投げ込んだ。

「どうしたんだ」

梢田が聞くと、小百合は真っ赤になった。

「どこかのとんちきが、百二十分コースでお願いします、ですって。柴崎江津子のリストが、もうどこかに流出したみたいだわ」

梢田は笑うに笑えず、焼酎のグラスを持ったまま、固まってしまった。

恩はあだで返せ

I

梢田威が署に出ると、いつもは先に来ている斉木斉の姿が、見えなかった。

五本松小百合が、向かいのデスクから顔を上げ、低い声で聞く。

「ゆうべ、係長とご一緒じゃなかったんですか」

「違う。まだ来てないのか」

「いえ、お見えになっては、いるんですけど」

小百合は、中途半端に言いさして、眉根《まゆね》をきゅっと寄せた。

「また朝から、署長のお説教か」

「そうじゃないんです。五本松が出て来たら、係長はなんだかすごく暗い顔をして、おはようございますと挨拶《あいさつ》しても、返事もなさらないんです」

「おおかたノミ屋に借金を催促されて、不景気な面《つら》をしてるだけだろう」

「それならいいんですけど、どうもいつもと様子が違うみたい」

「今、どこにいるんだ」

「分かりません。何もおっしゃらずに、ぷいと出たきりで」

「近くの喫茶店で、モーニングサービスでも食ってるんじゃないか。心配ないさ」

「ゆうべ、何かあったんじゃないでしょうか」

「さあな。おれが、軽く一杯やっていくかと誘ったら、珍しく先約があるからと言って、一人で帰ったっけ。おれに誘われて、めったに断ったことなんかないのに、妙だなとは思ったんだ。なにしろ、誘った方がおごると決まってるし、誘うのはいつもおれときてるからな」

「梢田さんの誘いを断るなんて、よほどだいじな約束だったんですね」

梢田は腕を組み、ちょっと考えた。

「やっこさんに、おれよりだいじな友だちが、いたかなあ」

「もしかすると、お仕事かも」

「まさか。酒より、仕事を優先するわけがない。ま、先約の相手とろくでもないものを食って、食あたりでもしたんだろう」

「係長は何を食べても、食あたりなんて絶対にしませんよ」

絶対に、を強調する。

確かに、そのとおりだ。

そのとき、ポケットで携帯電話が鳴った。

急いで出る。

「今、どこにいる」

斉木の声だった。

「もちろん署だ。そう言うあんたこそ、朝っぱらからどこで油を売ってるんだ」

梢田の応対に、小百合も相手が斉木と気づいたらしく、じっと耳をそばだてる。

「ちょいと、考えごとがあってな。おまえも来るか」

「どこへ」

「ええと、〈ヴォイス〉だ」

「ああ、そこなら知ってる。コーヒーのうまいとこだろう」

「味が分かるのか」

「あたりまえだ。ごちそうしてくれるなら、行ってもいい」

「ああ、おごってやる。五本松には、ちゃんと留守番するように、言っておけ」

「分かった」

通話を切り、小百合にわけを話す。

「ちょっと行って、何を落ち込んでるのか、聞いてみるよ」

小百合は、心得顔にうなずいた。

「分かりました。課長に何か言われたら、聞き込みに行っています、と言っておきます」

梢田は署を出た。

炭火コーヒーの店〈ヴォイス〉は、署の位置する本郷通りから明大通りへ向かう途中の、太田姫稲荷の近くにある。

安いコーヒーショップが、雨後のタケノコのごとく増えてきた昨今、一杯五百円を超える昔ながらの喫茶店は、めっきり減った。その中で〈ヴォイス〉は、善戦している方だ。

店にはいると、香ばしいにおいがあたりに漂い、それだけでいい気分になる。

斉木はいちばん奥のボックスに、壁の一部にでもなったように身動きもせず、うずくまっていた。

梢田は、マスターにスマトラ・マンデリンを注文し、斉木の向かいにすわった。

「どうした、浮かない顔をして。五本松が、心配してたぞ」

斉木は顔を上げ、じろりと梢田を睨《にら》んだ。

「勝手に、マンデリンなんか、注文しやがって。おれは、ブレンドをおごってやる、と言ったんだ」

「けちけちするな。おれは、おごられるときはスマトラ・マンデリン、と決めてるのさ」

斉木はぶつぶつ言いながら、たばこに火をつけた。

「あんたが落ち込むなんて、珍しいじゃないか。しかも、五本松に気取られるくらい。何かあったのか、ゆうべ」

梢田が水を向けると、斉木はすっかり冷えてしまったらしいコーヒーを、ぐいと飲み干した。

それから、梢田を睨むように見る。

「おれに、手を貸せ」

梢田は、面食らった。

「手を貸せって、いつもただで貸してるじゃないか」

斉木はいらだたしげに、顎《あご》をしゃくった。

「それは、仕事の上でだろう。今回は違う。個人的に、手を貸せと言ってるんだ」

「個人的に」

「そうだ。おまえにしかできない役回りだ。腕力がいる」

「腕力なら、任しておけ」

反射的に言ってから、さすがに恥ずかしくなる。もはや、腕力を誇る年でなくなったことを、思い出した。

斉木が黙ったままなので、梢田は続けて質問した。

「で、個人的に必要な腕力って、どんな腕力だ。まさか、引っ越しの手伝いじゃないだろうな」

「何をするかは、おれより当人の口から聞いてくれ」

「当人。だれだよ、当人って」

「南大塚《みなみおおつか》署の生活安全課にいる、オゼキという警部補だ。高尾の尾に、カンパクのカンと書く」

「カンパクのカンって」

「セキノヤマのセキだ」

「セキノヤマ。そんな相撲取りがいたか」

斉木はいらだって、手を振った。

「分からんやつだな。セキサバのセキだよ」

「なんだ、関サバの関か。それならそうと、最初から言ってくれよ。関サバのサバ鮨《ずし》は、おれの大好物だからな」

斉木が睨んでいるのに気がつき、梢田はあわてて付け加えた。

「で、その尾関がどうしたって」

斉木は、気持ちを落ち着けるように、水を飲んだ。

「尾関は、おれが初めて西巣鴨《にしすがも》署の、当時保安課と呼ばれていた部署に配属されたとき、コンビを組んだ男だ。おれより四年先輩だった。その時代に、やつに借りを作っちまったのよ」

「どんな借りだ」

梢田が聞き返すと、斉木は珍しくため息をついた。

「ある晩、巣鴨駅前のグランドキャバレー〈アシュレ〉で、松山というヘロインの売人を挙げたことがある。一か月も張りついたあとだから、逮捕するのはただ単にタイミングの問題で、ヤクさえ出れば有罪は間違いなかった。ただ尾関のやつ、直前になって今夜はなんとなく気が進まないから、逮捕を見送ろうと言い出しやがった。おれは、この機会を逃したら当分逮捕できないと思って、尾関を強引に説き伏せた。ところが、店の裏口から路地に出て来た松山を、とっつかまえて身体捜検してみると、確かにそれまで持っていたはずのヤクを、持ってなかった」

「なぜだ」

「どうやら、おれたちが見張ってるのに気づいて、出る前にトイレで流したらしい。どっちにしても、その場でブツが見つからなきゃ、誤認逮捕になる」

「それで、どうした」

斉木は、たばこを消した。

「尾関が、あたりに人がいないのを確かめて、いきなり松山を殴り倒した。やつが気を失っている間に、自分のポケットからヤク入りのビニール袋を取り出して、まず松山の指紋をつけた。それから、やつの靴を脱がせて敷皮の下に、そいつを突っ込んだわけさ」

梢田は、耳の後ろを掻《か》いた。

「要するに、でっち上げだな」

「そういうことだ」

マスターが、スマトラ・マンデリンを運んで来る。

梢田はそれに口をつけ、話を先に進めた。

「だとしても、借りってほどの借りじゃないだろう。その程度のでっち上げは、まあ保安担当のデカなら、それほど珍しいことでもない。みんなやってる、とは言わないがね」

現に小百合も、かつて本庁から御茶ノ水署に転属になったとき、挨拶がわりにその手《て》管《くだ》を使って、ヤクザを挙げたことがある。

「しかし、ミスをカバーしてもらったという意味では、尾関に借りを作った」

「くどいようだが、気に病むほどの借りかね。松山を逮捕すれば、尾関自身の手柄にもなるわけだから、あんたのためだけとはいえないだろう。それほど、ありがたがることもあるまい」

斉木は顎《あご》をこすった。

「どっちにしても、そのでっち上げを監察に知られたら、おれも尾関もただではすまん。それだけは、確かだ」

「昨日今日の話じゃあるまいし、監察もそんなに古い事件を蒸し返したりは、しないんじゃないか」

「監察に、時効なんて気のきいたものはない。いくら古い事件でも、ばれたらとことん追及される」

梢田は、ごくりと唾《つば》をのんだ。

管内の飲み屋で、しばしば酒を只飲《ただの》みしたことを思い出したが、それは斉木も同罪だから、気にすることはあるまい。

「とにかく、積極的にでっち上げたのは、尾関の方なんだろう。あんたは、先輩のすることを黙って見ていただけ、つまりでっち上げをとめなかった不作為犯、というだけのことだ」

斉木は目を光らせた。

「この野郎。不作為犯だなどと、小むずかしい法律用語を使いやがって」

「巡査部長昇進に向けて、鋭意受験勉強中だからな、おれは」

斉木は鼻で笑ったが、すぐまた深刻な顔にもどった。

「もし監察にばれたら、尾関は靴にヤクをねじ込んだのはおれのしわざだ、と罪をきせにかかるかもしれん。それくらいのことは、やりかねないやつなんだ。松山は気を失ってたし、ほかに目撃者はだれもいなかったから、ねじ込んだのがおれでないことを証明するのは、けっこうむずかしい」

梢田は、一呼吸おいて尋ねた。

「実はあんたが、ねじ込んだんじゃないのか」

梢田が聞くと、斉木は目をむいた。

「長年の友だちを疑うのか」

声高な抗議に、梢田はあわてて手を上げ、あたりを見回した。

幸い、店内は立て込んでおらず、カウンターの中のマスター以外に、二人に注意を払う者はいない。マスターはマスターで、聞こえないふりをしている。

「落ち着けよ。ちょっとからかっただけだ。ところで、あんたたちに罠《わな》にかけられた松山って野郎は、臭い飯を食うはめになったのか」

斉木は肩の力を抜き、椅子《いす》の背にもたれた。

「なった。むろん、裁判のときはでっち上げだと主張して、無罪を訴えたがな。しかし、麻薬不法所持の前科があったから、結局三年の懲役を食らった」

無実の罪で三年は長いが、実際松山という男がヘロインの売人だったとすれば、自業自得といってもいいだろう。

「それで、その松山が今ごろになって監察に訴えるとかぬかして、あんたや尾関を脅しにかかったってわけだな」

斉木が、新しいたばこに火をつける。

「そうじゃない。松山は出所したあと、おれのところにはお礼参りどころか、挨拶にも来なかった。腹の中じゃ、おもしろくなかったに違いないが、まったくの冤罪《えんざい》ってわけじゃないから、たぶんあきらめをつけたんだろうと、そのときは解釈した。それきりだ」

「尾関の方は、どうした」

「そこが、不思議なんだ。あとで分かったことだが、どういう風の吹き回しか松山は出所したあと、尾関を訪ねて行ったあげくやつの手先になって、ヤクの売人の検挙に協力し始めた、というのさ」

これには、梢田も驚いた。

「ほんとか。いくらなんでも、自分を引っかけたデカの手先になるなんて、考えられないぞ」

「おれも最初は耳を疑ったが、あとになって尾関がさも得意げにそう打ち明けるのを聞くと、信じざるをえなかった。どうも尾関には、そういう独特の才能があるらしい」

「そうかな。その松山って野郎に、何か下心があるんじゃないのか。隙《すき》を見て、仕返しをしてやろう、とか」

「その気があったとしても、実際には何もしなかった。少なくとも、生きてるうちはな」

梢田はのけぞった。

「というと、松山は死んだのか」

「ああ。尾関によれば、松山は二週間ほど前に心筋梗塞《しんきんこうそく》で、死んだそうだ。新聞に出るような話じゃないから、おれは知らなかったが」

頭が混乱して、梢田はとりあえずコーヒーを飲み、頭を掻いた。

「なんだか、話がよくのみ込めないな。要するに、あんたが尾関に借りがあることと、おれの腕力が必要なことと、松山が死んだことの間に、どんなつながりがあるんだ」

斉木が、テーブルに乗り出す。

「実は、おれにもそのわけが、よく分からないんだ」

梢田はかくんとなり、あわててカップを受け皿にもどした。

「いいかげんにしてくれ。子供の使いじゃあるまいし、どうなってんだよ」

「ゆうべ、おれがおまえの誘いを断ったのは、尾関に呼び出されたからだ。尾関は、松山が死んだことと、その結果なぜだか知らんが、でっち上げの一件がばれそうになったことを、おれに告げた。ついては、それがばれるのを阻止するために、多少の腕力と財力が必要になった、というんだ。そこで、おれに昔の借りを返せ、というわけさ。だから、こっちも多少の腕力と財力を用意して、今夜もう一度やつと会わなきゃならん。おれは、財力を引き受ける。おまえには、腕力の方を提供してもらいたい」

「ごめんだな」

梢田はにべもなく言って、コーヒーを飲み干した。

斉木が、目をぱちくりさせる。

「どうしてだ。おれには腕力がなくて、おまえには財力がない。どう考えても、逆の役回りは無理ってものだぞ」

「あんただって、いつも金がなくてぴいぴいしてるくせに」

「おれだって、たまには金回りがいいこともある。それとも、何か。おまえ、腕力担当じゃ役不足だ、というのか」

「そういう問題じゃない。おれは、でっち上げなんかに関《かか》わりたくないし、そのもみ消しにも関わりたくない、と言ってるんだ」

斉木は顎を引き、じろじろと梢田を見た。

「いつからそんな、ごりっぱなデカになったんだ」

梢田は、胸を張った。

「さっき言ったとおり、おれは今度巡査部長の昇進試験を受ける。そのためにも、身辺はきれいにしておきたい」

斉木が、くすくす笑い出す。

「おまえ、これで受験は何度目だ」

「覚えてない」

「だろうな。しかし、一度も受かってないことだけは、確かだ」

「だから、また受けるんだろうが」

斉木は、小ずるい笑みを浮かべて、腕を組んだ。

「確か尾関は、警察学校とかあちこちにコネがあるから、試験問題を事前に探り出せるかもしれんな」

それを聞いて梢田は、思わず乗り出してしまった。

「ほんとか」

斉木は貧乏揺すりをしながら、もったいぶって言った。

「それを知りたけりゃ、今夜おれに付き合うことだな」

のだ。

2

店にはいって来た男は、予想とはだいぶ感じが違った。

梢田威は、斉木斉の話から勝手にふてぶてしい、こわもてのする男を想像していたのだ。

ところが、姿を現したのはどんぐり眼《まなこ》の、ちょび髭《ひげ》を生やした男だった。背丈も、むしろ中肉中背の斉木より、小さいくらいだった。斉木の四年先輩ということだが、半分以上禿《は》げた頭と染みの浮いたしわだらけの顔から、少なくとも十歳以上は年長に見える。

しかし、テーブルの向かいにすわって顔を合わせたとたん、さすがにただ者ではないことが分かった。鋭い目に、いかにも酷薄な感じの口元をした男で、じじむさい外見にだまされると、足をすくわれそうな気がする。

斉木が、めったにないほどしおらしい態度で、梢田を紹介した。

「わたしの部下の、梢田巡査長です」

梢田は頭を下げ、ぶっきらぼうに言った。

「梢田です。係長が、お世話になったそうで」

尾関は、梢田を見つめたまま、抑揚のない声で応じた。

「どうも。尾関です」

斉木によると、尾関は西巣鴨署のあと何度か転属になったが、今いる南大塚署はもう三年たつそうだ。

斉木が補足する。

「梢田以上に、注文にぴったりの男はいません。わたしが請け合います」

尾関は何も言わず、値踏みするように梢田をじっくりと、眺め回した。

斉木が、手を叩《たた》いて店の女の子を呼び、酒の追加を頼む。

ＪＲ大塚駅南口の、天祖神社に近い居酒屋の狭い個室に、腰を落ち着けていた。

この界隈《かいわい》は、町名がまぎらわしい。駅の北側が豊島《としま》区の〈北大塚〉、南側が〈南大塚〉なのはいいとして、南大塚のさらに南側に文京区の〈大塚〉があるので、しばしば混乱する。

尾関が、おもむろに口を開いた。

「梢田君は、なかなかいい体格をしているが、腕に自信はあるのかね」

心安く〈梢田君〉などと呼ばれて、梢田は背筋のあたりがむずがゆくなり、いくぶん気分を害した。

「相手にもよりますがね。殴り合いは、あまり得意な方じゃありませんが、とっつかまえたらこっちのものです。相手が音を上げるまで、締めつけてやります」

尾関は満足そうにうなずき、斉木に目を移した。

「それで、金の用意はできたか」

「ええ、まあ」

斉木は言い、内ポケットから封筒を取り出して、尾関に渡しながら続けた。

「五十万はいってます」

それを聞いて、梢田は啞然《あぜん》とした。

いつも、金がない金がないとぼやいている斉木が、そんな大金をどこで工面したのだろう。そもそも、先月の給料日に貸した五万円を、まだ返してもらっていない。

その気配を察したように、斉木が言い訳がましく説明する。

「先週の日曜日に、競馬で大穴を当てましてね。そうでなきゃ、金はできませんでした」

「ありがたい、恩にきるよ。こいつを、おれが用意した金に足せば、ちょうどの金額になる」

尾関は、手刀を切るしぐさをしてそれを受け取り、ポケットにしまった。

梢田は、総額がいくらになるのか知りたかったが、尾関は何も言わなかった。

斉木が、運ばれてきた酒を尾関のぐい飲みに注ぎながら、催促する。

「それじゃ、話を聞かせてもらいましょうか。金を用意できたら、話をしてくれる約束でしたよね」

尾関は酒に口をつけ、ちらりと梢田を見た。

「まあ、そうだが」

「梢田には、昨日尾関さんから聞かされた程度の話までは、してあります。こいつは、こう見えても信用のできる男ですから、心置きなく話してください」

梢田は、ほめられたのかけなされたのか分からず、憮然《ぶぜん》とした。

尾関がぐい飲みをあけ、斉木の酌を受ける。

「そうか。それなら、話は早い。実は、二週間前に死んだ松山には、トクコという独身の姉がいてな。徳川の徳に、子供の子と書く。もう四十半ばだが、今は上野《うえの》で小さなクラブの、ママをやってる」

松山徳子という字を、梢田は頭に思い浮かべた。

斉木が言う。

「松山徳子なら、松山の公判のとき傍聴席にいたのを、何度か見ましたよ」

尾関はうなずき、話を続けた。

「松山が死んでも、手先に使っていたことを知られるとまずいから、おれは通夜にも告別式にも顔を出さなかった。落ち着いたら、線香を上げに行くつもりだった。ところが三日前、徳子が突然署に電話してきて、会いたいと言うんだ。徳子は、むろんおれが松山を逮捕したデカだと知っているし、松山がでっち上げだと主張したことも、知っている。しかたなく、その晩おれは池之端《いけのはた》の近くの小料理屋で、徳子と会った」

「徳子は、松山が尾関さんの手先をやってることを、当人から聞いてたんですか」

斉木が聞くと、尾関はイカの刺身を口にほうり込み、食べながら応じた。

「いや。松山も、そのことだけは、徳子にはもちろん、だれにもしゃべってない、と言っていた。万が一にも、そんな噂《うわさ》が街に流れたら、自分の身が危なくなるからな。そいつを、徳子が知ったのは、遺品の中に松山の手帳を、見つけたからだ」

「手帳」

聞き返す斉木に答えず、尾関はイカを飲みくだした。

ぐい飲みに、自分で酒を注ぎ足す。

「松山のやつ、ガキのころから一日も欠かさず、手帳に日記をつけていたらしい。おれたちが逮捕したのは一月の半ばで、そのときやつが持っていた新しい手帳には、まだろくに書き込みがなかった。古い手帳は、使い終わるたびに徳子のところへ封印して送り、自分が死ぬまでだいじに保管してくれ、と言っていたそうだ。だから逮捕後、やつのマンションをガサ入れしたときも、見つからなかった」

斉木も、酒を注ぐ。

「しかし臭い飯を食ってる間は、日記なんかつけなかったんでしょう」

「ムショではつけなかったが、おれたちにはめられたいきさつを出所後にまとめて、新しい手帳にメモしたようだ。そのあと、おれの手先になって売人の逮捕に協力し始めたことも、克明に書きつけたらしい」

斉木は酒を飲み、もっともらしくうなずいた。

「すると、徳子はその手帳をネタに、尾関さんをゆするつもりでいるわけですね」

「そのとおりだ。手帳と引き換えに、松山の香典という名目で金を払え、と言ってきた。払わなければ、手帳を知り合いのマスコミを通じて、警察庁の監察に提出する、とな」

マスコミを通じれば、監察ももみ消しができなくなる。なかなか、頭がいい。

梢田は、そばから口を出した。

「徳子はいくら出せ、と言ってるんですか」

尾関が、険しい目で見返してくる。

「あんたが、それを知る必要はない」

梢田は少ししらけ、酒を一口飲んだ。

「しかし、そんなものがでっち上げの証拠に、なりますかね。手帳に書かれたことを、事実だと証明するのはむずかしいでしょう」

尾関は下唇を突き出し、むずかしい顔で言った。

「松山が死んだ以上、裁判になったら刑訴法三百二十一条一項三号書面として、証拠採用されるだろう」

梢田は、あわてて頭の中で六法全書をめくったが、その項目は見つからなかった。

斉木が、薄笑いを浮かべる。

「こいつに、むずかしい話をしてもだめですよ、尾関さん。もっぱら腕力担当として、連れて来ただけですから」

梢田はむっとしたが、矛先を変えて言った。

「理由はどうあれ、女のくせに現職のデカをゆするとは、たいした度胸じゃないですか。いくら要求してるか知りませんが、徳子はおとなしく手帳を引き渡しますかね」

尾関は、体を乗り出した。

「問題はそこだ。徳子は、金と引き換えにきっと渡すと言ったが、あてにはならん。おれとしては、ずるずると何度も金を搾《しぼ》り取られるのはかなわんから、一回こっきりでかたをつけたい。そのためにも、なんとかして手帳を回収する必要がある」

「手帳を手に入れても、向こうがコピーかなんか取っていたら、同じじゃないですか」

「複写された文書は、それだけで証拠能力ががたんと落ちる。現物さえ手に入れれば、あとはどうにでも切り抜けられる。そこでいよいよ、あんたの出番になるわけだ。金の受け渡しが終わったら、何がなんでもその手帳を奪い取ってもらいたい。むろん徳子が、すなおに手帳をこっちへよこせば、その必要はなくなるが」

そう言って尾関は、梢田をじっと見た。

梢田は、首を振った。

「相手はたかが、女一人でしょう。腕力に訴えるのは、あまり気が進みませんね」

斉木が、急いで口を挟む。

「女相手といっても、甘く見るわけにはいかん。ライオンは、ネズミ一匹とっつかまえるにも、全力を尽くすというじゃないか。それに、昇進試験のこともある」

言葉を切り、尾関を見て続ける。

「こいつは今度、巡査部長の昇進試験を受けるんですがね。尾関さんなら、試験問題の内容を全部とはいわぬまでも、いくつか事前に探り出すルートがあるんじゃないか、と思うんですが」

そのことを思い出した梢田は、つい期待を込めて尾関を見た。

尾関は、もったいぶった様子で顎をなで、梢田を見返した。

「ふんふん、巡査部長ね。そうだな、あくまで傾向問題として予習するという名目なら、事前に手に入れられるかもしれんな」

梢田が口を開く前に、斉木は言った。

「それで十分です。まあ、それでも合格するかどうか怪しいものですが、これまでより可能性が高くなるのは確かだ」

尾関が、軽く手を上げる。

「ところで、梢田君。念のため言っておくが、相手は女一人じゃない。それが気になるならな」

梢田は、尾関を見直した。

「と言いますと」

「徳子と会ったあと、北上野署に手を回して調べてみた。すると、彼女の後ろに高井戸一郎という、三十半ばの男がついてることが分かった。まあ、ヒモみたいなもんだな」

「この件に、からんでるんですか」

「当然だろう。たぶん、徳子は金づるになるその手帳を、一度きりでおれに引き渡すのははばかばかしい、と考えるはずだ。となれば、十中八九その高井戸って野郎を用心棒がわりに、連れて来る。つまり、手帳は見せるだけで次回のために持ち帰る、という寸法だな。こっちにすれば、そいつをやっつけないかぎり、手帳は手にはいらんわけさ」

「どんな野郎ですか、その高井戸って男は」

「外見は分からないが、なんでも元キックボクサーだ、という話だ」

キックボクサーと聞いても、今さら驚きはしない。どうせ、若いころ前座をやっていたという程度の、こけおどしだろう。

斉木が聞く。

「受け渡しの場所と時間は」

「明日の夜十時、巣鴨駅前の〈アシュレ〉という店だ」

尾関の返事に、斉木が頰《ほお》をこわばらせる。

「〈アシュレ〉といえば、わたしたちが松山を逮捕した、あのグランドキャバレーじゃないですか」

「そうだ。店は三分の一に縮小されて、キャバレーからただのカラオケパブになったが、名前はまだ残っている。受け渡しは、三十分以内にすむ。あんたたちは、店の前で張っていてくれ。そういうことはないと思うが、もし万が一徳子がおとなしく手帳を渡したら、あんたのケータイに連絡する。そのときは何もせずに、引き上げてもらっていい」

梢田は、斉木を見た。

「あんたに、その徳子って女を見分けられるかな。何年も、会ってないんだろう」

斉木が答える前に、尾関が割り込む。

「だいじょうぶだ。あのころと、たいして変わってない。いまだに、アップに高く結い上げた、時代遅れの髪をしてるから、すぐに分かるさ」

梢田は、尾関に目をもどした。

「尾関さんから、連絡がはいらなかったときは」

「そのときは、徳子が手帳をよこさなかった、と思ってくれ。出て来た二人を、即刻ぶちのめして、手帳を奪い取るんだ」

「刑事という立場を考えると、盛り場のど真ん中でそんなまねはできませんよ」

梢田が言うと、尾関は目を三角にした。

「刑事の立場なんか、この際忘れるんだ。はっきり言っておくが、刑事としてやってもらうんじゃないぞ。あくまで、アルバイトだ」

そう決めつけ、よく言って聞かせろとでもいうように、斉木に顎をしゃくる。

斉木は、咳払《せきばら》いをした。

「どっちにしても、あんな場所でへたに騒ぎを起こせば、すぐお巡りが飛んでくる。どこか、人目につかないところへ、連れて行く必要があるな」

「連れて行くったって、おとなしくついて来るとは思えないぞ」

梢田が疑問を呈すると、尾関が応じた。

「おとなしくさせるためなら、チャカをちらつかせてもかまわん」

梢田は苦笑した。

「チャカなんて、持ってませんよ」

斉木が、横から肘《ひじ》でつつく。

「おれがなんとかする」

勤務中でも、官給の拳銃《けんじゅう》の持ち出しは厳しくチェックされ、時間外は例外なく禁止となっている。斉木は非公式に、別の拳銃を手に入れるつもりらしい。

尾関は腕を組み、斉木に言った。

「それから、手帳と一緒に忘れずに、金も取りもどしてもらいたい。たぶん、ボストンバッグか何かを、持ってるはずだ。それごと、奪い取ればいい。もどった金のうち、五十万はあんたのものだから、あとで返してやる。そのほかに五十万、あんたたちへの謝礼として提供する。そいつを、二人で分けてくれ」

梢田はあっけにとられ、斉木と顔を見合わせた。

「謝礼目当てで、お手伝いするわけじゃありませんよ。自分としては、昇進試験の問題を教えてもらうだけで、あとは」

言いかける梢田を、斉木がすばやくさえぎる。

「すみませんね、尾関さん。ありがたく頂戴《ちょうだい》します」

3

夕方から降り出した雨は、いっこうにやむ気配がない。

斉木斉と梢田威は、JR巣鴨駅北口広場から少し引っ込んだ、飲み屋街のとっつきに立っていた。

白いビニール傘で顔を隠しながら、〈アシュレ〉の入り口を見張る。二人とも、だぶだぶのズボンにジャンパーを着込んで、ジーンズのキャップを鼻先まで深くかぶり、念入りに変装してきた。

すでに九時半ごろ、カーキ色のトレンチコートを着た尾関が、一足先に店にはいった。手に、小さな黒のバッグをさげていた。

梢田は言った。

「くそ、おもしろくないぞ。いくらあんたのためとはいえ、あのいけすかない男の言いなりになって、雨の中を張り込みとはなあ」

「まあ、ぼやくな。これでやつに借りが返せるし、とりあえず手帳を手に入れれば、おれの身も安泰になる。これまで、善良な警察官として大過なく勤めてきたのに、旧悪がばれたら元も子もないからな」

「善良な警察官が、聞いてあきれるぜ。旧悪がばれたって、痛くもかゆくもないくせに」

「ばかを言うな。おれにだって、警部昇進の目があるんだ」

斉木の言葉に、梢田は虚をつかれた。

「そうか。あんたにも、確かに昇進の可能性があるんだ。今まで、忘れていたが」

「あたりまえだろう。昇進試験は、巡査部長だけじゃない」

「しかし、あんたに昇進したいという意欲があるとは、知らなかった」

「あったら悪いか」

梢田は傘を傾け、斉木の顔をのぞき込んだ。

「まさかこれまで、おれに黙って受けたことがあるんじゃないだろうな」

斉木の傘が、ぎくりとしたように揺れる。

「そんな暇が、あるわけないだろう」

斉木は、言下に否定した。しかし、そのただならぬうろたえぶりから察すると、図星かもしれなかった。

斉木が、ひそかに自分と同じように昇進試験を受け、何度も不合格になったのではないかと考えるだけで、やたらにおかしくなる。

梢田がにやにやするのを見て、斉木は不機嫌そうに言った。

「この野郎。何がおかしいんだ」

「別に、何も」

そこまで言いかけて、梢田は斉木の肘をつついた。

「おい、見ろよ。あの二人連れじゃないか」

駅の方から歩いて来たカップルが、相合い傘を上げて〈アシュレ〉の看板を見上げる。

髪を昔風にアップにして、ワインカラーのスーツを身に着けた、化粧の濃い女だった。

その隣に、格子縞《こうしじま》の派手なジャケットに白のパンツをはき、左手に紺のスポーツバッグを持った、髪の短い男が立っている。女は四十代のようだが、男の方は五つ六つ若く見える。

斉木がささやく。

「そうだ。あれが、松山の姉だ。あのころから老けていたが、確かに今も変わってない」

二人は、呼び込みのボーイに案内されて、店の中に姿を消した。

梢田は、深呼吸して言った。

「すると、そばにいたのが高井戸一郎ってわけだな」

「たぶんな。ずいぶん華奢《きゃしゃ》な体をしてるじゃないか。おまえなら、簡単にあしらえるだろう」

唾をのむ。

「そうでもない。現役じゃないにしても、あれは引退してそれほどたってない、キックボクサーの体だ。贅肉《ぜいにく》がついてないからな。かなり手ごわいぞ」

「自信がないのか」

「つかまえちまえば、なんとかなると思う。しかし大道の真ん中で、立ち回りをするわけにはいかん。やはりチャカを使って、どこかへ引っ張って行かないとな」

「徳子を人質にとれば、やつも手は出せないはずだ」

「徳子は、おまえの顔を覚えてるかもしれないし、あとでもめたりしないかな」

「そのために、変装してきたんだろうが。それにおれは、若いころがりがりに痩《や》せていたから、まず見分けはつくまい」

「しかし、その垂れ目は今も昔も、変わってないぞ」

斉木はふんと笑い、ポケットから縁のとがったサングラスを出して、目を隠した。

「どうだ。吊《つ》り目に見えるだろう」

梢田は首を振り、〈アシュレ〉に目をもどした。

雨のせいか人通りは少なく、客の出入りも頻繁とはいえない。傘を差して、呼び込みに専念するボーイも、今一つ気勢が上がらないようだ。

斉木が、左手に握った携帯電話の、時間表示を見る。

「十時十二分だ。尾関が、電話してくりゃいいんだがな」

「おれは、してくると思うな。徳子にしたって、デカを相手に何度も恐喝を繰り返す度胸は、ないだろう」

梢田は請け合ったが、斉木は疑わしげな顔をした。

「一回こっきりで、おとなしく尾関に手帳を引き渡す、と思うわけか」

「そうさ。そうなったら、尾関があんたのケータイに電話してきて、おれたちはお役ごめんというわけだ」

斉木は黙り込んだ。

少し考えてから言う。

「その場合、金はどうする」

梢田は驚き、斉木のサングラスを見た。

「どうするって、尾関が手帳を買うために払った金だから、ほっとけばいいだろう」

「おれの五十万は、どうなる」

「知るか。それで、やっこさんと貸し借りがなくなると思えば、安いもんだ」

「冷たいことを言うな。五十万取りもどしたら、おまえに先月借りた五万円にきっちり利子をつけて、返してやるがね」

「ほんとか」

つい、乗り出してしまう。

「ほんとだ。倍にして、返してやってもいい。尾関から電話があってもなくても、やつらから金を取りもどすんだ。手を貸せ」

梢田は迷った。

「しかし、恐喝の上前をはねるってのは、警察官にあるまじき行為だぞ」

「警察官だという意識は、捨てろと言ったろう。何度言ったら、分かるんだ」

「捨てろと言われても、一応おれは警察官だからなあ」

「手帳が手にはいれば、怖いものは何もなくなる。徳子と高井戸にすれば、恐喝で手に入れた金を横取りされたからといって、警察に訴え出ることはできない。証拠の手帳を、引き渡した以上はな」

「その証拠の手帳が、今度は尾関の手に渡るとしたらどうだ。あんたはますます尾関に、頭が上がらなくなるぞ」

斉木の口元に、薄笑いが浮かぶ。

「それは、おれも考えた。手は打ってある」

「どんな」

そのとき、〈アシュレ〉のガラスドアが開いて、だれか出て来た。

松山徳子と、高井戸一郎だった。

高井戸は、左手にさげたスポーツバッグを持ち直し、右手にした傘を二人の上に差しかけた。さっきと同じ、相合い傘としゃれている。

梢田はささやいた。

「連絡がなかったところをみると、手帳を引き渡さなかったようだな。読みがはずれた」

「うん。こうなったら、心置きなくやろうぜ」

斉木は言い捨て、駅の方へ向かう二人を追って、躊躇《ちゅうちょ》なく歩き出した。梢田も、あとに続く。

斉木が、二人の背中に呼びかけた。

「待ちな、お二人さん」

徳子と高井戸が、ぎくりとしたように足を止める。

斉木は二人の前に回り、梢田は後ろを詰めた。

「何か用か」

高井戸が、どすのきいた声で聞き返す。

「ちょっと、顔を貸してもらいたい。そこの路地まで、付き合ってくれ」

「おれたちは、急いでるんだ。ほかを当たってもらおうか」

間髪をいれず、梢田は言った。

「なめたことをぬかすな、この野郎」

あわてて振り向く高井戸に、梢田はジャンパーのポケットから拳銃のグリップを、ちらりとのぞかせた。

すかさず、斉木が声を出す。

「やめとけ、山田。こんな町なかでぶっ放して、お巡りを呼び集める気か」

「かまうものか。早いとこ片付けて、お巡りが来る前に逃げりゃいいんだ。一人やるのも二人やるのも、同じだからな」

これも、芝居のうちだ。

高井戸の頬がこわばる。

そのすきに、斉木はすばやく徳子のそばに回り込んで、盾にした。傘で、通行人の視線をさえぎるようにして、徳子を背後の暗い路地に引き込んで行く。

徳子は恐怖のあまり、雨に濡《ぬ》れた顔を真っ青にして、引きずられるままになった。

必要以上に、高井戸に近づかないように気をつけながら、梢田はポケットの中で銃口を動かした。

あたりを見回し、近くに人通りが途絶えたのを確かめる。

「路地にはいれ。おまえが、元キックボクサーだってことは、よく知ってるんだ。妙なまねをしたら、怖くてすぐに引き金を引いちまうから、気をつけろよな」

実際には、プラスチックのＢＢ弾しか出ないが、相手には分かるまい。

高井戸は傘を投げ捨て、徳子のあとから路地にはいった。そこは、パチンコ屋とラーメン屋の間の、幅一メートルほどの建物の隙間《すきま》だった。

奥にいる徳子が、かすれ声で言う。

「あんたたち、尾関に頼まれたんでしょう。ちくしょう、よくもだましたわね」

斉木はその泣き言に答えず、梢田も同じように黙っていた。徳子がそう思うのは当然だが、何もそれを認めることはない。

高井戸が、自嘲《じちょう》めいた口調で、徳子に声をかける。

「だから言ったろう、ママ。相手は、玄人なんだ。おれたちみたいな素人には、どだい無理だったんだよ」

柄にもなく、反省しているようだ。

梢田は高井戸の襟首《えりくび》をつかみ、ジャケットを一息に背中の中ほどまで、引き下ろした。

高井戸は、後ろ蹴《げ》りも回し蹴りも、飛ばしてこない。場所が狭いからではなく、はなからやり合う気がないようだった。

梢田は、高井戸の首筋に銃口を押し当てた。

「地面に膝《ひざ》をつけ」

下は土で、しかもぬかるんでいる。

「金はそっくり返すから、勘弁してくれよ」

高井戸はそう言って、手にしたスポーツバッグを落とした。

徳子が、ひっと喉《のど》を鳴らす。

「冗談じゃないわよ。その金は、絶対に渡さないわよ。弟の、香典なんだから」

それにかまわず、梢田は高井戸に言った。

「いいから、地面に膝をつけ」

高井戸は、いかにもしぶしぶという感じで、言われたとおりにした。金よりも、白いパンツが汚れることを、気にしているようだ。

梢田は、高井戸の腕からジャケットを力任せに抜き取り、すべてのポケットを調べた。財布と名刺入れ、カードケース、ハンカチ、キーホルダーなどが出てきただけで、肝《かん》腎《じん》の手帳らしきものは、見つからなかった。

つぎに、パンツのポケットを全部裏返しにさせてみたが、何も出てこない。

高井戸は、手帳を持っていなかった。

それを見て斉木が、うむを言わせず徳子のハンドバッグを取り上げ、その場に中身をぶちまけた。

金切り声を上げる徳子にかまわず、ポケットからペンライトを取り出し、地面に散らばったものを、丹念に照らしていく。

梢田も乗り出し、ライトの輪を目で追った。

女持ちの小さな手帳、財布、住所録のたぐいのほかは化粧品と小物で、松山の手帳とおぼしきものは、やはり見当たらない。

梢田は、途方に暮れた。

徳子が手帳を引き渡したときだけ、尾関は斉木の携帯電話に連絡をよこす。少なくとも前日の話では、そういう手順になっていたはずだ。

尾関から連絡がなかった以上、徳子は手帳を引き渡さなかったことになるが、その手帳はどこにもない。最初から持って来なかった、とは思えない。もしそうなら、尾関も金を渡したりしないだろう。

梢田は言った。

「おい、手帳は」

「手帳」

「手帳」

徳子と高井戸が、声をそろえて聞き返す。

「とぼけるんじゃない。手帳をどこへやった、と聞いてるんだ」

「そんなもの、知らないわよ」

徳子が、つっけんどんに応じた。

梢田が口を開こうとすると、何を思ったか斉木が割り込んだ。

「待て。おれが、二人を縛る。その間、見張っていろ」

「手帳はどうする」

「いいから、見張るんだ」

梢田はしかたなく、斉木が二人の口をガムテープでふさぎ、細引きで一緒くたに縛り上げるまで、路地の入り口と高井戸をかわるがわる、見張った。

幸い、邪魔ははいらなかった。

一段落すると、斉木はスポーツバッグを開いて、中をあらためた。

梢田も一緒にのぞき込み、ビニール袋に包まれた一万円札の札束を、確認した。一束百万として、ざっと五百万円ほどはいっている。たいした金だ。

徳子が、高井戸とつながれて地面に横たわったまま、抗議するように唸《うな》った。

斉木が、バッグを持って立ち上がり、徳子に声をかける。

「これは、いただいて行くぞ。サツに届けたけりゃ、届けてもいい。申し開きができるならな」

そう言い残して、路地の出口へ向かった。

梢田も、そのあとを追う。

4

路地を出たところで、斉木斉の携帯電話が鳴った。

斉木はサングラスをはずし、電話を耳に当てた。

「もしもし。今どこだ」

梢田威は、その口調から相手が尾関ではないような気がして、耳をすました。

しかし斉木は、〈うん〉とか〈そうか〉とか短く答えるだけで、具体的なやりとりを何もしない。

「よし、すぐ行く」

最後にそう言って、斉木は通話を切った。
携帯電話をしまうと、傘を捨てて小走りに駆け出す。梢田も、雨が小降りになってい
るのに気づき、傘をほうり出してあとに続いた。
斉木は、〈アシュレ〉の手前の道を左に曲がり、少し先の路地を右にはいった。
梢田も、雨に濡れた舗道を駆け抜け、斉木に続いて路地を曲がる。
「おい、だれからの電話だ。どこへ行く」
梢田の問いに、斉木は走りながら応じた。
「〈アシュレ〉の裏口の路地だ」
だれからの電話かは、言わなかった。
〈アシュレ〉の裏口の路地といえば、その昔尾関が松山を殴り倒してヘロインを靴に仕
込んだ、でっち上げの現場ではないか。
路地は、コンクリートの壁の間を抜け、突き当たりのビルの壁に沿って、右へ曲がる。
曲がったとたん、立ち止まった斉木の背中にぶつかりそうになり、梢田は危うく踏み
とどまった。
ビルの裏壁に取りつけられた、ちかちか点滅する蛍光灯の明かりの下に、水たまりが
浮かび上がる。
その中に、トレンチコートを着た男がうつぶせに、倒れていた。

尾関だった。

水たまりのそばに、黒いパンツスーツ姿の髪の短い女が、ぽつんと立っている。

こちらを向いたその顔を見て、梢田は飛び上がるほど驚いた。

それは、五本松小百合だった。

「ご、五本松。どうして、ここへ」

そう言ったきり、絶句する。どうやら、斉木の携帯電話にかけてきたのは、小百合らしいと見当がついた。

斉木は驚いた様子もなく、倒れた男のそばにしゃがんだ。

「別に、死んでるわけじゃないな」

「はい。ご指示どおり、あとをつけようとしたんですが、すぐに気づかれてしまって。突然、襲いかかってきたものですから、手で振り払ったんです。そうしたら、はずみでその手が首筋に当たって、この人は前のめりに倒れました。ちょうどそこに側溝があって、コンクリートの角に頭をぶつけたわけです。脳震盪《のうしんとう》だと思います」

よどみなく説明する小百合を、梢田は半ばあきれながら見た。

何がはずみで、だ。

小百合が、飛びかかって来た尾関を楽々とかわし、首筋に一撃を叩き込んだことは、見ないでも分かっている。小百合の恐るべき技を、斉木もほかの署員も知らないだけだ。

斉木は、ずぶ濡れの尾関をあおむけにして、コートや上着のポケットを調べた。

梢田も目を皿のようにして、斉木の手の動きを追う。

斉木は、内ポケットから手帳を見つけ、ぱらぱらとめくった。しかし、それは尾関自身の手帳とみえ、すぐもとにもどした。

結局、問題の手帳らしきものは、どこからも出てこなかった。

斉木は立ち上がり、あたりを見回した。

小百合を振り向いて聞く。

「五本松。この男、黒いバッグを持ってなかったか」

小百合は、首をかしげた。

「持っていたような気もしますが、係長が見えるまでここを動かなかったので、よく分かりません」

梢田は、ビルの裏壁にそった側溝を、のぞいて見た。

排水口が詰まりでもしたのか、雨水がいっぱいに溜《た》まっている。そこに、三分の二ほど浸《つ》かった、黒いバッグが見えた。

「あったぞ」

梢田が、端の方を持ってバッグを引き上げると、何かの拍子にファスナーが開いたらしく、中から白っぽく濁った水が音を立てて、こぼれ落ちた。

「ま、待て」

斉木が言ったときは、もう遅かった。すっかり軽くなったバッグが、梢田の手の中に残る。

斉木はバッグを引ったくり、ファスナーを全部開いて中をのぞいた。

手を突っ込み、よれよれになったビニール袋を引き出す。袋の中にも、白っぽいどぶ泥のようなものが、溶け残っていた。

斉木はそれを指ですくい、舌の先で味見をした。

「くそ、ヘロインだ。みんな、流れちまった」

梢田は、目をむいた。

「ヘロインだと。いったい、どうなってるんだ。そもそも、どうして五本松が、ここにいるんだよ」

「おれが呼んで、尾関のあとをつけさせようとしたのさ。場合によっては、手帳を奪い取ろうと思ってな」

こともなげに言う斉木に、梢田は首を振った。

「おい、分かるように説明してくれ」

斉木は、いかにもあきらめきれぬ様子でバッグの中を調べていたが、ようやく顔を上げた。

「その前に、すませるべきことを、すましちまおう」

そう言って、先刻取り上げたスポーツバッグの中から札束を一つ抜き取り、残りをバッグごと尾関の胸の上に置いた。

「どうする気だ、その金を」

梢田が百万円の札束を指さすと、斉木はそれをポケットにしまって言った。

「五十万は、もともとおれのものだ。あとの五十万は、おれたちへの礼金さ。ありがたく頂戴しても、ばちは当たるまい」

むろん、異存はない。

梢田は、尾関に顎をしゃくった。

「あとの始末はどうする。このまま、ほっとくのか」

「ああ。そのうち、息を吹き返すさ」

「しかしこいつも、このまま黙ってはいないだろう。弱みを握られないように、もっと徹底的に手帳を探した方が、よくはないか」

「心配ない。手帳なんてものは、最初からなかったんだ。尾関の作り話だよ」


三十分後。

三人は池袋西口の、午前二時までやっている居酒屋の小上がりに、腰を落ち着けた。

酒を注ぎ終わると、梢田はさっそく苦情を言った。

「五本松に、助っ人《すけと》を頼んだなら頼んだと、はなっから言ってくれりゃいいんだ」

「おまえに話すと、いろいろとよけいなことを考えて、集中力が失われるからな。今夜のところは、徳子と高井戸を締め上げることに、集中してもらいたかったのさ」

しれっとして言う斉木に、梢田はため息をついた。

「締め上げるどころか、高井戸はキックボクサー上がりにしては、手応《てごた》えのない野郎だった。おれが乗り出すまでもなかった」

「結果的にはな。高井戸が自分で言ったとおり、所詮《しょせん》あの二人は素人だったのさ。ヤクを売り買いするには、それなりの年季ってものが必要だ。早い話が、連中は尾関に鼻面をつかまれて、引き回されたんだよ」

梢田は、おでんをつついた。

「結局、尾関の狙《ねら》いはなんだったんだ」

「たぶん松山は、尾関の手先を務めながらこつこつと、ヤクをため込んでいたんだ。それを、やつが死んだあと徳子が見つけて、金にしようと思いついた。しかし、捌《さば》くルートを知らないものだから、旧知の尾関に話を持ちかけたんだろう。尾関が悪党だってことは、でっち上げの一件で承知してるからな。尾関にすれば、とんだ小遣い稼ぎの話が舞い込んできたので、これはもう渡りに舟だ。しかも相手は、素人ときている。うまく出し抜けると計算して、一芝居打つことにした。つまり、ヤクをせしめると同時に渡した金を回収する、うまい手を考えたわけだ。それが今夜の猿芝居さ」

「だったら、なんであんたに五十万の金を、出させたのかな。あれだけの金を用意できるなら、そんな必要はなかったように思うがね」

「金の回収役が必要だったのと、まさかのときのためにおれを共犯者にしておきたかった、ということだろう。昔、松山を引っかけたのと、同じような手管《てくだ》さ。あのときだって、かたちとしてはおれの急場を救ったように見えるが、結局はおれをでっち上げの共犯者に仕立てただけのことだ」

そう言われれば、そんな気もする。

「すると、手帳を手に入れるというのはあくまで口実で、実際には徳子に渡した金を取りもどすのが、目的だったわけか」

「そうだ。それでおれを利用しようと、昔の貸しを口実に声をかけてきたんだ」

「あんたはあんたで、恩をあだで返したわけだな」

「そうでもないぞ。金はちゃんと、取りもどしてやった。ヘロインは、あいにく雨と一緒に流れちまったが、それはそれでよかったんだ。かなりの量だったようだから、末端価格で三千万はくだらなかっただろう。尾関が、あれで一もうけするつもりだったとしたら、どこかでぼろを出したに違いない。おれは、その危険を未然に防いでやったんだから、これで貸し借りはなしだ」

　なるほど、そういう理屈も成り立つのか。

　黙っていた小百合が、口を開く。

「さすがに係長は、頭が冴《さ》えてますね。松山徳子にせよ尾関警部補にせよ、自分たちの損害をどこへも訴えることが、できないわけですから」

　斉木はうなずいた。

「そう、言ってみれば、三方一両の損だな。松山徳子は、ヤクを捌いてもうけようとしたのに、もうけそこなった。尾関も、それは同じだ。おれたちはおれたちで、四百五十万の金を手に入れることもできたのに、五十万でがまんした」

　しっかり、自分が出した五十万は、別にしている。

　そこでだいじなことを思い出し、梢田は斉木に指を振り立てた。

「そうだ。先月貸した五万円、たった今耳をそろえて、返してもらおうじゃないか」

　斉木は酒を飲み、しかめっ面をした。

「けちなことを言うな。おれたちの手元には、五十万という大金がある。これを、今度の中山競馬に注ぎ込めば、倍になること疑いなしだ」

「競馬だと。冗談も、休みやすみ言え。明日の百万より、今日の五万だ。すぐに返さないと、監察に恐れながらと訴え出るぞ」

「まったく、けつの穴の小さい野郎だな」

斉木はぶつぶつ言いながら、一万円札を五枚梢田に投げてよこした。

「利子は、まけといてやる」

梢田は嫌みを言い、札を財布にしまった。

小百合が、斉木に手を差し出す。

「係長。尾関警部補の謝礼金五十万円は、五本松がお預かりします」

斉木は気色ばんで、小百合を睨んだ。

「なぜだ。これはおれが、責任をもって預かる」

「それは、危険すぎます。署長はときどき、男子署員のロッカーを抜き打ち検査して、違法物件を隠匿してないかどうか、チェックするんです。ただし女子署員は、チェックされません。五本松がお預かりした方が、安全だと思います」

「おれはこの金を、署になんか置かないぞ」

小百合が、意外なことを耳にするというように、眉を上げる。

「業務上保管すべきものを、署外へ持ち出すのは誤解のもとです。露見したら、懲戒免職は免れないでしょう。ですから、五本松がお預かりします。必要なときは、保安二係の総意のもとに支出する、ということでいかがでしょうか」

「そうだ、それがいいぞ」

梢田が尻馬《しりうま》に乗って言うと、斉木はこれ以上はないという仏頂面をした。

しかし、結局はしぶしぶ札束を小百合に、差し出した。

小百合が、銀行員のようなすばやい手捌きで、札を数える。

「四十五枚しかありませんね。梢田さんに返却されたお金は、係長個人の借金ですから、お手元の五十万の中から、お支払いいただきます」

「くそ」

斉木は悪態をつき、自分の札の中から五枚数えて、小百合に渡した。

小百合はにっと笑い、金をそろえてハンドバッグにしまった。

斉木が立ち上がる。

「トイレだ。その間に、勘定をしておいてくれ。今預けた金でな」

斉木がいなくなると、小百合は店の女の子を呼んで、勘定をすませた。

財布をしまうとき、梢田は小百合のバッグの中に丸められた、ビニール袋を見た。

「おい、五本松。その袋はなんだ。まさか、きみは」

そこまで言ったものの、言葉が喉に詰まってしまう。

小百合はまたにっと笑い、ビニール袋をぽんと手のひらではずませた。

「尾関警部補のバッグから、少しだけ失敬してきたんです。何かのときに、役に立つかもしれないと思って」

梢田は、まじまじと小百合を見つめた。

「すると、あのバッグを側溝の水の中へ叩き込んだのは、きみのしわざか」

「ええ。いけませんか」

「いけないに決まってる。あれだけのヘロインを押収したら、御茶ノ水署始まって以来の手柄になったのに」

「押収するにいたったいきさつを、署長に合理的に説明できるんですか」

梢田は、口を閉じた。

その点については、自信がない。

小百合は続けた。

「係長も、できないでしょう。嘘の話をでっち上げるよりも、手に入れたヘロインをどこかで処分して、お金もうけをしようと考えるかもしれません。それを五本松が、未然に防いであげたんです」

さっき斉木が吐いたのと、同じせりふだ。

しかし、小百合の言うことが、正しいような気がする。

斉木がもどって来た。

「勘定はすんだか」

「すみました」

含み笑いをして応じる小百合を、斉木が猜疑心《さいぎしん》に満ちた目で見返す。

「どうした。何か、おかしいことでもあるのか」

梢田は、急いで助け舟を出した。

「なんでもないよ。尾関をあんな目にあわせたおかげで、今度のおれの巡査部長の昇進試験もオシャカになった、という話をしてたとこさ」

斉木は納得がいったらしく、すぐに表情を緩めた。

「そうか、そうか。おまえもつくづく、ついてない男だな」

小百合一人、わけが分からないという顔で、ぽかんとしている。

それで梢田は、少し溜飲《りゅういん》が下がった。

五本松の当惑

I

「五本松。五本松は出てるんですがね」

梢田威は、受話器を顎《あご》と肩の間に挟んだまま、パソコンの画面を睨《にら》みつけた。手持ちの角を、どこへ打ち込んでやろうか。

「何時ごろ、お帰りですかしらね」

電話をかけてきたのは、男か女かも若いのか年寄りなのかも分からない、奇妙な声の持ち主だった。

いらいらしながら答える。

「そう、今夜は八時過ぎになるでしょうね」

「失礼ですけど、あなたはどなた」

いきなり聞かれて、少しむっとする。

「わたしですか。わたしは、梢田といいますけどね。そちらは」

「五本松さんに、お世話になった者です。それじゃ、またかけ直しますから」

そのまま、がちゃりと切れる。

「くそ、このいそがしいときに、無礼者めが」

悪態をつき、受話器をもどす。

パソコンは、なかなか手ごわい。この角をどこに打てば、まいったをするだろうか。いや、パソコンはなかなか降参しないように、プログラムされている。もう逃げ道がない、というところまでいかないと、投了しないのだ。

考えたあげく、梢田は角を2四に打った。よし、悪くない。

熟考しつつ、さらに十手ほど指し進めると、だいぶ形勢がはっきりしてきた。この分なら、勝てそうだ。

梢田が、次の一手を指そうとしたとき、また電話が鳴った。

「くそ」

ののしりながら、受話器を取り上げる。

「あの、受付ですけど」

女子職員の声だった。

「梢田だ」

「すみません、梢田巡査長。五本松巡査部長にお客さまなんですけど、今ご在席ですか」

電話やら来客やら、五本松小百合はだいぶ人気があるようだ。

「いないよ。出かけてるんだ」

「何かお届け物がある、とお客さまがおっしゃっておられるんですけど」

キーを叩《たた》き、さっき2四に打った角を、4二に成り込ませる。

7五にいた敵の馬が、すかさず梢田の成り角を取り払った。

しまった。

「ま、待った」

そこに、相手の馬がひそんでいるのを、忘れていた。

「待った、と言っただろうが」

梢田はわめいて、キーをかしゃかしゃ叩いた。しかしパソコンは、待ったを受け付けようとしない。

「あの、どれくらい待てば、いいんですか」

女子職員が、途方に暮れた声で言う。

「くそ、こっちの話だ。とにかく、五本松はいないんだよ」

キーを叩きつづける梢田の耳に、女子職員の声がひときわ大きく響く。

「あの、お客さまが、五本松巡査部長がいらっしゃらなければ、どなたか代わりの方に、とおっしゃってます。梢田巡査長は、お取り込み中ですか」

「ああ、お取り込み中だ。夜八時過ぎには、五本松が帰って来る。そのころ、もう一度出直して来るように、言ってくれ。くそったれが」

これで、大駒《おおごま》を二つとも取られてしまい、勝ち目はなくなった。

「あの、わたしに言われても」

女子職員の怒ったような声に、梢田はしぶしぶパソコンを押しのけた。

「すまん、きみのことじゃない。で、なんだって。五本松に、届け物があるって」

「はい。梢田巡査長に、預かっていただければ」

「受付で預かればいいじゃないか。明日の朝にでも、五本松に渡してやってくれ。こっちはほんとに、お取り込み中なんだ」

受話器の向こうで、何かごちゃごちゃ話している声が聞こえる。

女子職員が言った。

「どうしても、梢田巡査長に預かっていただきたい、とおっしゃってます」

気安く名前を出すから、相手に覚えられてしまった。

「しつこいやつだな。どんな客だ」

「ええと、妙齢の女性です」

梢田は、居住まいを正した。

急に気が変わる。勝ち目がなくなれば、これ以上指し手を続けても、しかたがない。

「ほんとか。そうだな、こっちも一段落したし、それじゃまあ、おりて行くか」

「お願いします」

「一階の奥の応接室に、お通ししておいてくれ」

受話器を置き、ネクタイを締め直す。

パソコン相手の将棋は、どうもおもしろくない。人間なら、たとえ名人王将でもポカをすることがあるが、パソコンには基本的にそれがない。ものも言わずにじっと考え、プログラムされた手筋の中から、最善手を選んで指す。逆に、こっちがちょっとでもミスすると、すかさずその弱みをついてくる。うんでもなければ、すんでもない。まったく、かわいげのない相手だ。

近ごろ手合いが悪くなったためか、斉木斉が賭《か》け将棋に応じなくなった。しかたなく、中古の将棋ソフトを買ってきて、パソコン相手に指しているのだが、もう一つ気分が乗らない。斉木と指すと、だいたい待ったを認めるか認めないかで、喧嘩《けんか》になる。それでも、パソコンよりはましだ。

その斉木は、珍しく五本松小百合と連れ立って、午後から質屋回りに出かけた。

留守を預かる梢田は、時間つぶしにパソコン将棋を始めたのだが、これで四局全敗してしまった。そろそろあきたころだし、妙齢の女性と聞けばそれなりの応対をするのが、礼儀というものだろう。

ジャケットを着て、一階におりる。

交通課の、狭いカウンターに並ぶ列を押し割って、トイレの奥にある応接室に行った。

ドアをノックし、おもむろに中にはいる。

髪が全部白くなった、少なくとも七十歳以下には見えない女が、ソファにちょこんとすわっていた。

「おっと、失礼。部屋を間違えました」

梢田は体を回し、そのまま出て行こうとした。

背後から、女が呼びかけてくる。

「ちょっと。五本松さんの、代理の人じゃないんですか」

梢田は、とまどいながら振り向いた。

「ええと、そうですが」

女が、こくんとうなずく。

「じゃ、部屋は間違ってませんよ」

「しかし、妙齢の」

言いかけて、受付にうまくはめられた、と気がついた。

女が、梅干しのようなしわだらけの口を開いて、にっと笑う。飛びとびに生えた、前歯が三本のぞいた。

「あたしが、そう言えって言ったんですよ。妙齢は妙齢でも、妙な年齢で悪うござんしたね」

梢田はドアを閉め、しぶしぶソファに向かった。

グレイのカーディガンに、同じような色のスカートをはいた、小柄な女だった。縁なしの、丸い眼鏡をかけている。

女は、膝《ひざ》に置いた小さな信玄袋《しんげんぶくろ》の口を押し広げ、名刺を取り出した。

「毎度、お世話さま」

そう言いながら、テーブルの上を滑らせる。

取り上げて見ると、〈金剛書店・金剛リキ〉と印刷してある。

「ええと、金剛、リキさんですか」

「そう。父親がふざけた男でね。女のあたしに、とんでもない名前をつけちゃった」

生まれたときから、名字が変わってないということは、いまだに独身か婿を取ったかの、どちらかだろう。

「書店というと、本屋さんですか」

「あたりまえでしょ。ただし、古本屋ですけどね」

もう一度、名刺を見直す。

住所は、千代田区神田神保町ではなく、新宿区西早稲田《にしわせだ》になっている。早稲田大学に近い、早稲田通りの一角にも神保町のような、古書店街があると聞いた。

梢田が名刺をしまおうとすると、金剛リキは枯れ枝のような手を差し出した。

「あなたのお名刺は」

しかたなく、自分の名刺を渡す。

「こずえださんね。こずえだ、たけしさんと」

「そうです。ええと、それで五本松に届け物、というのは」

リキは、信玄袋の下に抱えた紙包みを、テーブルに置いた。

「五本松さんに、本を探してほしいって頼まれましてね。それがやっと見つかったので、お届けに上がったんです。お宅の方に送ったら、宛《あ》て先《さき》不明でもどって来ちゃってね。携帯電話の番号はつながらないし、どうしちゃったのかと思って、直接お持ちしたわけ」

いかにも、迷惑そうな口調だ。

梢田は、首を捻《ひね》った。小百合が、古書店に本を注文するのがおかしい、というわけではない。

ただ、小百合の伯父は白山通りに面した神保町二丁目で、〈陣馬《じんば》書房〉という古書店をやっている。したがって、わざわざ早稲田の古書店に頼まなくても、本を探すなら伯父の店の方で、十分用が足りるはずなのだ。

「分かりました。とにかくお預かりして、帰ったら渡すようにします」

梢田が紙包みを取ろうとすると、リキはすばやくそれを手元に引き寄せた。

「その前に、お勘定をいただかないと」

「お勘定と言われても、当人がいないんでね」

「だったら、あなたが立て替えておいてくださいな」

梢田は、いらいらした。

「しかし、わたしは当人から話を聞いてないし、立て替えろと言われてもね。だから、帰るころに出直してくれって、そう言ったんですよ」

リキは背筋を伸ばし、梢田を睨んだ。

「こんな年寄りに、二度も足を運ばせようっておっしゃるの」

その見幕に、梢田は困惑した。

「それじゃ、明日にでも五本松に店の方へ、取りに行かせましょう。代金引き換えで」

「だめだめ。住所もいいかげん、ケータイもつながらないときたら、明日来るかどうかだって、知れたもんじゃないわ。お代と引き換えに、この本を引き取っていただかないかぎり、ここを動きませんからね」

「ちょっと待ってください。五本松のケータイにかけて、聞いてみますから」

リキの目が、ちらりと揺れる。

携帯電話を取り出し、短縮ボタンで小百合の番号を押した。

しかし、電波が届かないところにいるらしく、つながらなかった。

「ほらね」

リキが、勝ち誇ったように言う。

「たまたま、地下鉄か何かに乗ってるんでしょう。念のため、五本松が教えた番号を、見せてくれませんか」

梢田に言われて、リキは信玄袋からメモを取り出した。

汚い字で、御茶ノ水警察署、五本松小百合、それに住所と電話番号が書いてある。

住所の方は覚えていないが、電話番号は知っているものと違う。最近小百合が、携帯電話を変えたとは聞いていないし、二つ使い分けている様子もない。

ためしにその番号にかけると、やはりつながらなかった。

梢田は、あとで小百合に文句を言ってやろうと思いながら、しかたなく携帯電話をしまった。

財布を取り出し、リキに尋ねる。

「いくらですか」

「手付けに一万円頂戴《ちょうだい》していますし、消費税はサービスさせていただきますから、締めて八万五千円になります」

梢田はあわてて、財布を懐にもどした。

「八万五千円だって。冗談じゃない。そんな高い本があるものか」

リキは、きっとなった。

「あるものかって、あるんだからしかたないじゃありませんか。現に五本松さんは、多少状態が悪くても十万円までなら払う用意がある、とおっしゃったんですよ。極上本だし、九万五千円のお値段なら、重要文化財でも買ったんですか」

「五本松は、重要文化財でも買ったんですか」

「まさか。なんだったら、本をごらんになって」

リキに言われて、梢田は紙包みのゴムバンドをはずし、中を開いた。

二センチほどの厚さの、セロファン紙で包まれた本が出てきた。表紙を見ると、ナントカ著作集第四巻、『わがナントカの前にナントカけ』とある。

「なんだ、これは。タチバナタカシ、カオルドウ著作集第四巻、わがナントカの前にナントカ、け」

リキは笑った。

「著者は一人ですよ。橘高薫堂《キツタカクンドウ》。題は、『わが薔薇《バラ》の前に跪《ヒザマズ》け』と読むんです」

梢田はむっとして、本を乱暴に包み直した。

「知りませんな。こんな作家も、こんな題の本も」

もっと言えば、どんな作家のどんな題の本も、知らない。

リキは、肩をすくめるようなしぐさをした。

「まあ、橘高薫堂は、だれでも知ってる作家というわけじゃないけど、一部にカルトなファンがいましてね。ことに、著作集全十一巻の揃《そろ》いは、めったに出ないんです。それというのも、第四巻にあたるこの本がキキメになっていて、数が少ないものだから」

「キキメ」

「そう。全集物のうちで、どういうわけか刷り部数が少なかったりして、めったに市場に出回らない本のこと。ほかの巻は、よく出るので一冊二千円かそこらだけど、第四巻は極端に数が少なくてね。欠本があると、全集の値段ががたんと落ちるし、みんなほしがるわけ。たぶん五本松さんも、そうだと思うわ。だからこそ、十万まで出そうっておっしゃったのよね。全巻揃えば、十五万はくだらないから」

梢田には、ほとんどちんぷんかんぷんの話だったが、十五万円と聞いて目を丸くした。

「ふうむ。たった十一冊で、十五万もする全集というのも驚きだが、そのうち一冊だけで九万五千円とは、泥棒のような値段ですな」

リキが、またきっとなる。

「泥棒ですって。ちょっと。いくら刑事さんでも、言葉に気をつけてもらいたいわね。あたしだって、この本をゴミ捨て場で拾って来た、というわけじゃありませんよ。それなりのお金を払って、苦労して手に入れたんだから」

「そりゃそうかもしれませんが、『わがバラの前にけつまずけ』にいきなり八万五千円、と言われてもねえ」

「ひざまずけ、です」

「どっちにしても、そんな大金は手元に置いてありませんね。銀行の残高だって、怪しいものです。明日にでも、出直してくれませんか」

「いいえ。本日この場で、頂戴してまいります」

言い張るリキに、梢田は困り切った。

「しかし、あの五本松がこんな本をほしがるなんて、信じられないな」

正直に漏らすと、リキがあっさりうなずく。

「そう。あたしも、そう思いましたけどね。本を読むタイプじゃないし、そもそも刑事さんに見えなかったもの」

その言葉に引っかかって、梢田はリキの顔を見直した。

「刑事に見えなかったって、どういう意味ですか」

「外見で判断しちゃ悪いけど、化粧は濃いわ髪は染めてるわで、あれは場末のキャバレーのホステスだね、刑事さんというより」

ぎくりとする。

「髪を、ライオンのたてがみみたいに、わっと盛り上げてましたか」

梢田が聞くと、リキはうれしそうに歯をむいた。

「そうそう。あなたが知ってるとこをみると、やっぱり本物の刑事さんだったのね」

梢田は焦り、すわり直した。

最近は控えているが、小百合は陣馬書房が古書市に出展するときなど、ふだんとまったく違うけばけばしいいでたちになる。それどころか、名前まで松本ユリ、と変えてしまう。

そのユリを見て、斉木が小百合と知らずに熱を上げるという、不測の事態が発生した。

そのため、ユリはアフリカのブルキナファソへ留学したという名目で、姿をくらますはめになった。さらに念を入れて、現地の男と身を固めることにしたと報告する絵葉書が、斉木のもとに届くよう手配したほどだ。

その結果、さすがの斉木もあきらめたらしく、最近は何も言わない。

それ以後、小百合はユリのいでたちで斉木の前に現れるのをやめ、変身も最小限に抑えてきた。おかげで斉木にも御茶ノ水署にも、まだ正体がばれずにいるのだった。

しかし、今のリキの話を聞くかぎりでは、小百合が久しぶりに何かの理由でユリに変身した、としか思えない。ただし、五本松小百合と本名を名乗ったのが、気にかかる。

梢田が黙っているので、リキは畳みかけるように言った。

「違うんですか。まさか、五本松さんじゃないとでも」

梢田は、急いで手を振った。

「い、いや、五本松だと思います。たぶん、変装してたんじゃないかな。張り込みかなんかの途中で」

リキが、妙な顔をする。

「張り込みの途中で、古本屋に本を頼んだりするかしら」

「とにかく、五本松は本が好きなものだから、時間があると古本屋に飛び込むんですよ。まったく、困ったやつだ」

梢田は、わけが分からぬまま、額の汗をぬぐった。

「ま、あたしは五本松さんを信用したわけじゃなくって、御茶ノ水署の刑事さんだという話と、手付けの一万円を信用したわけね。とにかく、残りの八万五千円、払っていただきます。領収証も、用意してきましたから」

梢田は、しぶしぶ応接室を出て、二階の自席にもどった。

たまたま、少し前にボーナスが出たばかりで、銀行から下ろした十万円が、デスクの引き出しにはいっている。むろん、飲み屋のツケを払うための金だが、一時それをあてるしかない。

小百合がもどったら、すぐに取り返してやる。

2

午後八時半。

梢田威は、待ちくたびれて淡路町の〈松栄亭〉に行き、メンチカツを食べた。

九時過ぎに署へもどると、斉木斉と五本松小百合が席にすわって、談笑していた。

梢田は、一人だけのけ者にされたような気分になり、ぶすっとして言った。

「五本松巡査部長。ちょっと話があるんですが、お顔を貸していただけませんか」

小百合は梢田を見返し、とまどったように応じる。

「はい、なんでしょう」

階級は上だが年下の小百合は、梢田がわざとらしくていねいな口をきくのを、ひどくいやがるのだ。

「廊下の奥の、取調室までお願いします」

斉木が新聞を広げながら、じろりと目を向けてくる。

「おい、なんのまねだ」

「あんたには、関係ないよ」

斉木は、新聞を閉じた。

「聞き捨てならんな。部下がこの署内で、係長のおれに関係ない話をするのか」

「仕事の話じゃない。プライベートな話だ」

「プライベート。プライベートな話に、取調室を使うのか」

「分かった、分かった。どうしても参加したいなら、あんたも一緒に来ていいよ」

梢田が言うと、斉木は少しの間顔を見つめていたが、急に興味を失ったように、また新聞を広げた。

「勝手にしろ」

梢田は、本のはいった紙包みを持ち、先に立って部屋を出た。生活安全課には、もうほとんど人が残っていない。

取調室にはいり、テーブルを挟んで腰を下ろす。

「きみのおかげで、飲み屋に払う金がなくなった。すぐに、精算してもらうぞ」

小百合は、きょとんとした。

「あの、なんでしょうか。お金、借りてましたか」

「そうじゃない。きみが注文した本の代金を、立て替えたんだ。これが、本と領収証だ」

紙包みと領収証を、テーブルに置いた。

小百合は、領収証を取り上げ、驚いた顔をした。

「八万五千円ですって」

「売値は九万五千円だが、手付け金として先に一万払ってあるそうだから、それでいいわけだろう。消費税は、サービスだとさ」

小百合が目を上げる。

「金剛書店なんて、五本松には心当たりがありませんけど」

「本を見ろ、本を。十万までは出す、と言ったくらいだから、忘れるはずがないだろう」

小百合はゴムバンドを取り、急いで包みをあけた。

「どうだ、思い出したか。キッタカクンドウ先生の、『わがバラの前にひざまずけ』だ。いや、けつまずけ、だったかな」

小百合は、セロファン紙にくるまれた本を、ためつすがめつした。

「この本、どうしたんですか」

「どうしたって、金剛書店の金剛リキって妙なばあさんが、夕方届けに来たのさ。きみが探してくれって頼んで、一万円手付けを渡したんだろうが。本が手にはいったので、渡されたメモの住所に送ったら、宛て先不明でもどってきた。ケータイには、いくら電話してもつながらない。それで、直接持って来たんだとさ」

小百合は、少し身を乗り出した。

「そのメモ、ありますか」

「ある」

梢田は、金剛リキからもらったメモを出し、小百合に渡した。

小百合は、それを一目見ただけで眉《まゆ》をひそめ、梢田に目をもどした。

「五本松は、こんな汚い字じゃありません」

「急いでたからだろう」

「それに、住所も電話番号も、でたらめだわ」

梢田は急に不安になり、椅子《いす》の上ですわり直した。

「ちょっと待て。ほんとに、その本に心当たりがないのか」

「ありません。橘高薫堂なんて、読んだこともないわ。そんな本に、だれが十万円も払うものですか」

冷や汗が出てくる。

「待ってくれ。おれはそのばあさんに、八万五千円払ったんだぞ。きみのために、立て替えたんだ。飲み屋の払いを、どうしてくれるんだ」

梢田がまくし立てると、小百合は両手を上げた。

「落ち着いてください、梢田さん」

「これが、落ち着いていられるか。おれはあくまで、善意で立て替えたんだぞ。それを」

「立て替えたのは、分かりました。最初から順序立てて、話していただけませんか。金剛リキという、そのおばあさんが署へやって来たときから、順を追って」

梢田は、金剛リキに金をだまし取られたのではないかと、どうしようもない不安に駆られた。

いや、そんなはずがない。

もう一度すわり直し、深呼吸をする。

「よし、詳しく話すから、よく聞いてくれ」

小百合に、来客を告げる受付の電話がはいってから、金剛リキが金を受け取って帰るまでのいきさつを、妙齢の女性というくだりだけ省いて、細大漏らさず話して聞かせる。

店に来た女が、松本ユリそっくりの扮装《ふんそう》をしていたと聞くと、小百合の頰《ほお》が引き締まった。

全部聞き終わって、小百合は言った。

「本を頼んだ女は、確かに御茶ノ水署の五本松小百合、と名乗ったんですか」

「名乗っただけじゃなく、そのメモにもそう書いたんだ。そうでなきゃ、ばあさんがきみの名前を、知るわけがないだろう。きみが、前にどこかでそのばあさんと、会ったことがないかぎりはな」

小百合が、じっと考え込む。

梢田は、不安を紛らすために、話を続けた。

「だいいち、きみがときどき松本ユリの格好をするなんてことを、ばあさんが知ってるはずがない。想像だけで、そんな話はでっち上げられないよ」

小百合は依然、黙ったままだった。

梢田は、恐るおそる尋ねた。

「その本を探してくれ、と頼んだのが実際きみじゃないとしたら、おれはそのばあさんに、金をだまし取られたことになるが」

小百合が、まっすぐに梢田を見る。

「五本松は、このところずっと松本ユリになっていませんし、なったとしても五本松小百合と名乗ることは、絶対にありません。本名を言ったら、変身する意味がないですから」

そう言われれば、そのとおりだ。

梢田は、へなへなと椅子の背にもたれた。

「くそ。あのばあさんに、一杯食わされたんだ」

小百合が携帯電話を取り出し、領収証に書かれた電話番号を見ながら、ボタンを押す。

しばらく、電話を耳に当てていたが、やがてぱたりと閉じた。

「だれも出ないわ」

「出るわけないだろう。その領収証は、住所も電話番号も安物の、ゴム印じゃないか」

ふと思い出して、リキのよこした名刺と比べる。一致していた。

「一応合ってるが、この名刺だってパソコンかなんかで、簡単に作れるはずだ。住所も電話も、きみが書いたことになってるメモと同じで、でたらめに決まってる。もともと、店なんかありゃしないんだ。ちくしょうめ」

それから、ふと気がついて名刺の角を持ち直し、小百合に言う。

「本と領収証とメモに、それ以上さわるな。指紋が取れるかもしれん」

小百合は、手をテーブルの下に、引っ込めた。

膝の上で、ポーチをごそごそやっていたが、やがて手を上に出す。

「はい、八万五千円」

その手に、一万円札と五千円札が握られていた。

あっけにとられる。

「なんだ、その金は」

「五本松のせいで、お金をだまし取られたんですから、弁償します」

「きみに払ってもらう気はないよ。人相書きを回してでも、あのばあさんをとっつかまえて、金を取りもどすんだ」

「指紋とか、人相書きとかおっしゃいますけど、この一件を正式の捜査に回すのは、まずいんじゃないですか。そんなことしたら、梢田さんのキャリアに傷がつきますよ」

「おれには、ひとさまに誇るようなキャリアなんか、もともとない。あったら、とうに警部になってる」

つい、自虐的になる。

そのとき、突然取調室のドアが開いて、斉木がはいって来た。

「だれが、とうに警部になってるって」

梢田は驚いて、腰を浮かした。

「なんだ、ノックもせずにはいって来て」

「ここは、トイレじゃないぞ。上司が、部下の打ち合わせに顔を出すのに、ノックもくそもあるか」

「仕事の話じゃない、と言っただろうが。それに、黙って立ち聞きするとは、性格が悪いぞ」

「立ち聞きなんかするか。声がでかいから、聞こえただけだ」

斉木はそう言いながら、テーブルに近づいた。

二人を見渡せる椅子に、どかりと腰を落とす。

「何をこそこそ、密談してるんだ。おれに聞かれると、よほどまずい話か。だいいち、その金はなんだ」

小百合が、あわてて金を引っ込める。

梢田は適当な言葉が見つからず、テーブルの塵《ちり》を払うふりをした。

小百合はもじもじしたあげく、気の進まぬ口調で言った。

「五本松のせいで、梢田さんがお金をだまし取られたんです。それを、お返ししようとしただけです」

部屋に、気まずい沈黙が流れる。

斉木は、二人をじろじろ見比べ、わざとらしく咳払《せきばら》いをした。

「どういうことだ。説明してみろ」

腰を据えて聞くぞ、というあからさまな態度だ。

それ以上逃げるわけにいかず、梢田はしかたなくその日の夕方からのいきさつを、細かく報告した。ただし金剛書店で、御茶ノ水署の五本松小百合と名乗った女が、松本ユリとそっくり同じ格好をしていたことは、黙っていた。

聞き終わると、斉木は頭の中で流れを整理するように、ひとしきり考えにふけった。

それから、やおら小百合に言う。

「その金は、しまっておけ」

「でも、これは」

「いいから、しまっておけ。そんなばあさんに、だまされる方が悪い」

「しかし、五本松の名前を出されたら、あんただって立て替えるだろうが」

梢田が抗議すると、斉木はじろりと睨み返した。

「とんちきめ。そういうときは、本を頼んだ女の年格好とか服装とか、背の高さとか太り具合とか、聞いて確かめるのが常識だろう。そうすれば、五本松でないことは、すぐに知れるはずだ。捜査の初歩も知らんのか」

ぐっと詰まる。むしろ、外見を聞いたからこそ五本松と誤信したのだが、それを明かすわけにはいかない。

小百合が何か言おうとしたので、梢田はあわてて口を開いた。

「あんなばあさんが、人をだますとは思わなかったんだ。確かにおれが、うかつだった」

認めたくはなかったが、万一小百合が松本ユリの秘密をばらしでもしたら、もっと話がめんどうになる。

斉木は、梢田があっさり兜《かぶと》を脱いだので、肩透かしを食らったようだった。

「おまえがだまされたのは、自業自得だからかまわん。しかし現職のデカが、よりによって勤務先の警察署の中で、まんまと金をだまし取られたとあっては、天下の恥さらしだ。保安二係長のおれの立場は、どうなる」

「どうもならんだろう」

「黙れ。おれだけじゃないぞ。生活安全課長、御茶ノ水警察署長、警視庁第一方面本部長に警視総監、警察庁長官、国家公安委員長、ひいては内閣総理大臣にまで累が及ぶんだ」

「待て待て。おれが金をだまし取られただけで、内閣総理大臣が辞職でもするってのか。ばかを言うな」

「おまえはどだい、危機意識に欠けてるんだ。こんな恥ずべき失態を、とても正規の捜査でカバーすることはできん。おまえ一人で、解決しろ」

にべもなく言う斉木に、梢田はとっておきの隠し球を取り出した。

「そういえば、またまた五万円貸しがあったよな。競馬の資金が足りない、とかでさ。ボーナスが出たら返す、と言ったのにまだ返してもらってない。ここで耳を揃えて、返してもらおうじゃないか」

思わぬ逆ネジを食らった体《てい》で、斉木はたじたじとなった。

「こんなときに、古い話を持ち出すな」

「古くない。つい先月の話じゃないか。ばあさんに金を取られて、こっちは大ピンチなんだ。さっさと返せ」

斉木は、急に椅子を立った。

「いずれ返してやる。それより、この件で勤務時間内に私的捜査を行なうことは、厳禁とする。やりたけりゃ、有休を取ってやれ。経費も、自分持ちだ」

「おい、そりゃないだろう」

抗議する梢田を無視して、斉木はさっさとドアへ向かった。

戸口で振り向き、指を突きつけて言う。

「ただし、期限は一週間だぞ。それでも解決しなかったら、課長や署長に報告して、それなりの処分をする。覚悟しとけ」

「貸した五万も、一週間以内に返せ」

梢田は言い返したが、すでにドアはばたんと閉まっていた。

ため息をつく。

「めんどうなことになったな。やっこさんにだけは、知られたくなかったのに」

「しかたないでしょう、上司なんだから」

小百合も、あまり元気がない。

自分の席にもどると、斉木はすでに帰ったらしく、姿が見えなかった。

小百合がデスクにすわり、さっそくパソコンを開く。

梢田も、同じようにパソコンを引き寄せたが、むろん将棋を指す気にはならない。

電源を落とし、有給休暇の申請書を書き始めたとき、小百合が声を発した。

「あら」

「どうした」

聞き返す梢田に、小百合がとまどった顔を向ける。

「西早稲田に、〈金剛書店〉という古書店が、実在しています。住所も電話番号も、領収証と合ってるわ」

梢田は、あわててデスクを立ち、小百合の席に回った。

「念のため、古書店のサイトを開いてみたんです。そうしたら、このとおり」

画面を見ると、確かに〈金剛書店〉が出ている。住所も電話番号も、領収証と一致した。

小百合がキーを叩き、詳細情報を呼び出す。

取り扱い分野は、国文学、外国文学、歴史、地理。所在地は、地下鉄東西線早稲田駅から、徒歩五分。代表者は〈金剛リキ〉となっている。

「どういうことだ、これは。電話には、だれも出なかったぞ」

「閉店時間を、過ぎていたからかもしれませんね」

それだったら、まだ打つ手はある。

「よし。明日の朝、直接行ってみよう。開店時間は何時だ」

「午前十一時です。開店三十分前がいいでしょう。五本松も行きます」

「きみは来なくていい。二人ともいなくなったら、保安二係の仕事が滞るからな」

「たまには、係長に働いてもらいましょうよ」

そう言って、小百合はにっと笑った。

3

「あたしに本を頼んだ女性は、この人じゃありませんよ。なりが、ぜんぜん違います」

金剛リキはきっぱりと言い、こくんとうなずいた。

梢田威は乗り出した。

「だから、これが本物の御茶ノ水警察署生活安全課、保安二係の五本松小百合巡査部長だと、そう言ってるんだ。あんたに、あの本を探してくれと頼んだ女は別人、というか五本松の名をかたる、真っ赤な偽者なんだよ。そういう事情だから、何も言わずにこの本を引き取って、昨日立て替え払いした八万五千円を、そっくり返してもらいたい」

そう言って、カウンターに置いた『わが薔薇の前に跪け』を、とんとんと指で叩く。

リキは、胸を張った。

「一度売ったものは、落丁乱丁でも見つからないかぎり、引き取れませんよ」

五本松小百合が、身分証明書をぱたりと開いて、写真を突きつける。

「この本を頼んだ女性と、わたしが同一人物かどうか、よく見てください」

リキは、ちらりとそれに目をくれただけで、眼鏡を押し上げた。

「だから、別人だってことは分かった、と言ってるでしょ。それにあなたが、本物の御茶ノ水署の五本松巡査部長だということも、よくよく得心がいきました。でもね、なぜ別の女があなたになりすまして、本を頼まなきゃいけないの。それも、手付けに一万円も払ってね。そんなばかなことを、だれがするかしらねえ」

「するかしらねえと言ったって、現にしたやつがいるんだから、しかたないだろう」

梢田は言い返したが、どうも意気があがらない。

金剛書店は、坂になった早稲田通りの途中に店を構える、想像したより小ぎれいな店だった。カウンターの横には、リキのような世代の人間には似つかわしくない、ノートパソコンまで置いてある。

リキが梢田を見て、小百合に顎をしゃくった。

「この人が、わざとあんななりをして頼みに来た、ということも考えられるわよね。化粧が濃くて、素顔が分からなかったしね」

梢田は、ちょっとたじろいだ。

「どうして、そんなことをする必要がある。それに、実際そうだったとしたら、本を引き取らないはずがないだろう。手付けまで打ったんだから」

「あまり高いので、買いたくなくなったんじゃないの」

小百合が割り込む。

「その女性は、最初から買う気がなかったんでしょう。だから住所も電話も、でたらめを書いたんだわ。手付けを置いたのは、ほんとうらしく見せるためよ」

リキは、小百合を眼鏡越しに見た。

「何度でも聞きますがね、なんだってそんなむだなことを、する必要があるの」

梢田は、なんとか説明をつけようと頭を捻ったが、うまくいかなかった。

リキが、それみたことかというように、うそぶく。

「とにかく、その女が五本松さんの偽者だろうとだれだろうと、あたしには関係ないことでね。あたしは、善意の第三者なんだから」

手ごわしとみたか、小百合が矛先を変える。

「ところで、その女性がここへ来たのは、いつなんですか」

「十日か二週間か、それくらい前ですよ」

「この本が見つかったのは」

「三日ほど前。すぐに、振り込み用紙と本を指定の住所に送ったんだけど、もどって来ちゃってね。電話もつながらないし、それで署の方へ直接お持ちしたんです」

リキは頑固に、同じ話を繰り返した。

小百合が、辛抱強い口調で続ける。

「どうやって、本を手に入れたの。古書会館の市で、見つけたんですか」

「そんなことを話す義理は、ございませんよ」

梢田は、むっとした。

「こっちはだまされて、金をふんだくられたんだぞ。少しは協力してくれ」

その見幕に、リキはしぶしぶ答えた。

「たまたま、その本を店に持ち込んで来たお客さんが、いましてね。十冊くらいあった中に、それが混じってたんですよ」

「いくらで買った」

その質問に、リキは唇を引き結んだ。

「あたしらの商売じゃ、仕入れ値を明かすのはご法度でね。たとえ刑事さんでも、言うわけにいきませんよ」

「昨日は、それなりの金を払って、苦労して手に入れたとかなんとか、そう言ったたな。持ち込まれた本なら、探す苦労なんかしてないじゃないか。値段だって、二束三文で買ったんだろう」

リキは、きっとなった。

「そりゃ、今度の場合はたまたますわって手に入れたけど、二束三文ってことはありませんよ。ほんとに、それなりのお金を払ったんだから」

「だから、いくらだと聞いてるんだ」

梢田がのしかかると、リキはのけぞった。

「ご、五万円ですよ」

「五万だと」

「ええ。お客さんから、ほしい本だけ選ばずに十冊一括して、五万で買ってくれと言われてね。ほかの本は、屑《くず》みたいなものばかりだったけど、中にその本が混じっていたから、言い値で買ったんですよ」

リキは、橘高薫堂の本を、指さした。

小百合が言う。

「五万払っても、九万五千円で売れれば四万五千円のもうけが出る、と踏んだわけね」

「いけませんか。十万円までなら出す、と言ったのはあなたなんだから」

「わたしじゃない、と言ったでしょう」

リキはあてつけがましく、壁の時計を見上げた。

「あら、そろそろ十一時だ。お店をあけなくちゃ」

梢田は割り込んだ。

「あと五分ある。この本を売りに来たのは、どんなやつだ」

リキが、横目で睨む。

「お客さんのことを話すのは、商売の仁義に欠けるわよね。勘弁してもらいますよ」

小百合は、妙にやさしい声で言った。

「それじゃ、早稲田署の古物商の担当を、呼びましょうか。こちらの商売に、どこかおかしなところがないかどうか、徹底的に調べてもらうの。免許を取り消されたら、たいへんだわよ」

リキが、わずかに眉をひそめる。

「あたしのとこは、別に悪いことなんかしてませんよ」

小百合は、店内を見回した。

「天井まで、本を積みすぎね。それに、通路に本が幾重にも積み重なって、通りにくいわ。ひょっとして、消防法に違反しているかも」

リキは、いやな顔をした。

「分かりましたよ。売りに来たのは、黒のダッフルコートを着て、細いジーンズのパンツをはいた、がりがりの男。年は、そうね、三十代の後半ってとこかしら。髭剃《ひげそ》りあとを、青あおとさせてたわ。ひどいがに股《また》でね、お店を出て行くときに通路の本をよけるのに、苦労していたっけ」

梢田は、どことなく記憶に引っかかるものを感じたが、思い出せなかった。

「名前と住所、電話番号は。本を売りに来た客には、身分証明書とか自動車免許証を、提示させる決まりでしょう」

小百合が畳みかけると、リキは体を引いた。

「そりゃ、建前はね。でもうちは、お客さんに台帳に書き込んでもらうだけで、すませてます」

梢田は嚙《か》みついた。

「五万も払って、身元も確かめないのか。盗品だったらどうする」

「万引きした本かどうかは、見ればすぐに分かりますよ。汚い本ばかりで、その橘高薫堂の本が混じってなけりゃ、金をもらっても引き取らなかったわよ」

口の減らない女だ。

「それじゃ、その台帳とやらを、見せてもらおうか」

梢田がせっつくと、リキはふてくされた態度でカウンターの下から、ノートを取り出した。

ページを繰り、カウンターに広げる。

梢田はリキの指先を追い、そこに書かれた名前と住所をチェックした。

練馬《ねりま》区豊玉北《とよたまきた》五の×の×、大泉順一郎、三九九二—〇×××。あとの欄に、リキが書き込んだと思われる字で、『わが薔薇の前に跪け』他九冊、購入金額五万円、とある。

　それを、手帳に書き写した。

　手帳をしまい、もう一押しする。

「五万円は、あんたの財布から出ちまったものだから、おれもあきらめる。そのかわり、せめてもうけの四万五千円だけでも、返してもらえんかな。最初からなかったもの、と思ってさ」

「そういうわけには、いきませんよ。あたしの場合、一度出したものは返してもらわないかわりに、はいったものも二度と出さないたちなんです」

　しれっとして言うリキに、小百合がそばから恫喝した。

「錯誤に基づく商取引は、無効とみなされるわ。わたしたちは警察官ですし、法に訴えることもできるんですよ」

　それを聞くと、リキはじろりと小百合を見た。

「あたしを脅かすつもり、刑事さん。だったら、訴えてもらおうじゃないの。天下の警察が、いい恥さらしだわよ。たとえ弁護士費用がかかったって、あたしは引く気はありませんからね」

　さすがの小百合も、返す言葉がない。

　リキが、勝ち誇ったように続ける。

「さあさあ、もうお店をあける時間だから、お引き取りいただきましょうか」

塩でもまきかねない勢いに、二人はほうほうの体で退散した。

駅の近くまで歩いて、カフェテラスにはいる。

「くそ、因業ばばあめ。ほんとに、訴えてやろうか」

小百合は、ため息をついた。

「こちらの負けですね。法廷に持ち出しても、笑い者になるだけだわ」

梢田は手帳を開き、メモを見直した。

「念のため、本を売りにきたというこの男に、当たってみるかな。大泉順一郎なんて、いかにも偽名っぽいけど」

「全部でたらめですよ、それ。住所も電話番号も、練馬警察署のものだわ」

「ほんとか」

「ええ。入庁したてのころ、勤務したことがあるんです」

「くそ、ばかにしやがって」

梢田は手帳を閉じ、コーヒーをがぶ飲みした。

「お金は、署へもどってからあらためて、お返しします」

小百合が言うのを聞いて、梢田は少しほっとした。

「おれがそそっかしかったんだから、五万円はこっちがもつ。すまんが、三万五千円だけ負担してくれ」

「分かりました。すみません」

「それにしても、きみの名をかたってあんなまねをするとは、とんでもないやつだ。きみが、松本ユリに変身するのを知ってるやつが、おれのほかにもいるってことだろう。だれか、心当たりはないか」

小百合は腕を組み、しばらく考えた。

「松本ユリにぶちのめされただれかが、五本松の変装だと見破った可能性はある、と思います。でも、だれとは思い当たりません。あまりたくさん、ぶちのめしたので」

梢田は苦笑した。

小百合が続ける。

「署に出る前に、陣馬書房に寄りましょう。伯父に話をすれば、何かヒントをくれるかもしれないわ」

4

陣馬六郎《ろくろう》は六十過ぎの年格好で、短い髪が半分胡麻塩《ごましお》になっている。

梢田威が、別の機会にちらりと見かけたかぎりでは、眉間《みけん》に気むずかしげな縦じわを寄せた、いかにも頑固そうな男だった。五本松小百合によれば、陣馬は単に世間が抱く古書店のおやじのイメージに、合わせているだけだという。

　ともかく、陣馬とは一度も正式に引き合わされていないので、それが初対面といってもよかった。陣馬は、よろしくと短く挨拶《あいさつ》しただけで、姪《めい》がお世話になっています、でもなければいいお天気ですね、でもない。愛想が言えないタイプらしい。

　陣馬は、店番を息子の大介《だいすけ》に任せ、梢田と小百合について、店を出た。

　魚定食の店、〈近江や〉のカウンターで早い昼飯を食べたあと、近くの喫茶店〈李白〉にはいる。ここは、骨董《こっとう》のコレクションで知られる古風な店だが、声高におしゃべりをすると店主に叱《しか》られるので、梢田はめったに立ち寄らない。

　話を聞き終わると、陣馬は軽い笑いを漏らした。

「あのばあさんらしいな」

　小百合が顎を引く。

「おじさん、あの金剛書店のおばあさんを、知ってるの」

「というか、亭主をよく知ってたのさ。亭主の金剛良作《りようさく》は、先代の主の金剛大二郎《だいじろう》と養子縁組をして、リキと結婚したんだ。良作は三年前に、死んじまったが」

　やはり、婿を取ったのだ。

「すると、あのばあさんがそのあとを引き継いで、店をやってるわけですか」

　梢田が聞くと、陣馬はうなずいた。

「ばあさんには、娘が一人いるんだが、とうに嫁いでしまった。跡継ぎがいないものだから、自分でやってるわけですよ」

「そう簡単に、引き継げるものですかね、古書店の仕事を」

陣馬はコーヒーを飲み、問わず語りに話し始めた。

「まあ、見よう見まねでね。あのばあさん、昔から古本のことは何も知らなかったが、勘定にだけはうるさかった。亭主が、貧乏学生に本の値段をまけてやろうとすると、かならずそばでだめを出したもんです。そんなこんなで、業界じゃ評判が悪かった。亭主が死んでからは、組合との付き合いも疎遠になりましてね。市にはまめに顔を出すものの、本の目利きはなってないから、危なっかしくて見てられない。まあ、昔亭主に世話になった店のおやじ連が、恩返しのつもりでときどき手を貸してやるから、なんとか商売を続けてはいられますが」

なるほど、と梢田は納得した。

小百合が聞く。

「おじさんは、今度の一件をどう思うかしら。今の話だと、リキからお金を返してもらうのは無理だ、という気がしてきたけれど」

陣馬は、くすりと笑った。

「ばあさんは、古典的な詐欺に引っかかったんだよ」

「詐欺。わたしじゃなくて、ばあさんがですか」

梢田は驚いて、小百合と顔を見合わせた。

「そうさ。まず仕掛け人が、店員の少ないカモになりそうな古本屋に、飛び込む。これこれの本を探してるんだが、見つけてくれたら十万円払うとか言って、手付けを一万ばかり置いていく。おおむね、相場がそれほど高くなくて、あまり市場に出ない本だ。一週間か十日後に、今度は偶然を装って別の仲間がその本を、同じ店へ売りに行く。一冊だけじゃ怪しまれるから、何冊かまとめて持って行く中に、そいつを紛れ込ませておくんです。それを、一括で十万で引き取ってくれ、などと吹っかける。どれも普通なら二百円、高くてもせいぜい五百円程度の、雑本です。店の方では、手付けまで受け取った目当ての本があるので、多少高くても買い取ろうと考える。とてもとても、と言いながらそこはそれ商売人、せいぜい一万ですな、あたりから交渉を始めて、寄せ合いになる。だいたい、最初の付け値の五割か六割、五万ないし六万くらいで、お互いに手を打つのが普通です。売る方は、相方が手付けに払った一万を差っ引いても、四万か五万は手元にはいってくる。店の方も、目当ての本を十万で売れば同じく四、五万はもうかる、と踏むわけだ。そこで、交渉が成立する。ところがいざ、店主が教えられた住所や電話に連絡しても、注文主がつかまらない。むろん、でたらめを教えたからだ。ばあさんは、その手ではめられたんですよ。それがなぜか、梢田さんの方に回っちまったわけだが」

梢田は、感心した。

「なるほど。手付けの一万が、ものをいうわけですな。それを差っ引いても、仕掛け人の手元にはなにがしかの金が、はいってくる。けちな稼ぎだが、それだけに引っかかりやすいわけだ」

「最近は、あまりはやらなくなったが、ベテランの古書店主なら、だれでも知ってる手口でね。この業界でだまされるのは、あの欲張りのばあさんくらいのものさ。橘高薫堂の本は、もともとたいした価格では、取引されないんです。通常、全集や著作集のキキメは高値がつきますが、橘高著作集の第四巻は部数が異常に少ないにもかかわらず、五千円を超えたことがなかった。ジャンルがあまりに特殊なんで、市場価格が形成されないんだろうね」

小百合が、いかにも納得のいかない様子で、口を出す。

「どうしても、分からないことがあるの。その仕掛け人は、ただリキばあさんをだまそうとしただけじゃなく、このわたしを本探しの依頼者に仕立てて、巻き込もうとしたのよ。結果的に、梢田さんがだまされることになったけれど、わたしに何か含むところがあるとしか、思えないの」

梢田も、憮然《ぶぜん》としてうなずいた。

「そいつらの狙《ねら》いとしては、ばあさんが五本松のところへ本を持って行って、初めてだまされたことに気がつく、という筋書きだったはずだ。五本松に実害はないにしても、いやがらせにはなっただろう。ところが、おれの早とちりで筋書きが変わって、こういうことになっちまった」

陣馬が、首を捻る。

「それにしても、そいつらはなぜでたらめの名前と連絡先を言わずに、御茶ノ水警察署の五本松小百合だなどと、姪の名前を告げたんでしょうな」

「きみが、そいつらに恨みを買うようなことを、何かの拍子にしたのかもしれんな」

梢田が言うと、小百合は気味悪そうに眉をひそめて、陣馬を見た。

「おじさん。まさか、松本ユリとわたしが同一人物だということを、だれかに話さなかったでしょうね」

陣馬が目をむく。

「話すわけがないだろう。おれだって大介だって、そんなおしゃべりじゃないよ」

小百合は、肩を落とした。

「そうね。ごめんなさい」

しおれた様子に、梢田は話題を変えた。

「その、キキメというんですか、橘高著作集の第四巻は、なぜ部数が少ないんですか」

「発行直後に、恐れ多い向きに対する不敬の表現箇所があると分かって、すぐに回収されたからですよ。出版社は、その部分を削除して再刊しようとしたが、著者がそれを許さなかった。そのために、市場に出回ったのはせいぜい何十部単位、といわれています。もし橘高が死んだあと、わっと人気が出るようなことがあったら、とんでもない値段がつく可能性もある。まあ、今の評価では、ありえないでしょうがね。なにしろ、スカトロ系だから」

陣馬と別れたあと、梢田と小百合は白山通りを渡って、御茶ノ水駅の方へ向かった。

「署に出るのも、あまり気が進まないな。一応は、有休の届けを出してあるし」

「五本松は取ってませんから、どっちみち顔を出さないと」

「おれと一緒だと分かると、また係長が目を三角にするぞ」

「管内の質屋回りで、午後出ということにしてますから、だいじょうぶ」

「それじゃ、せめて少し時間をずらすか」

「そうですね。五本松は、これまで扱った事件のファイルを引っ繰り返して、恨みを買うケースがあったかどうか、記憶を呼び起こすことにします。梢田さんは係長に、今日のことを報告してください」

「ますます、気が進まないな」

「まあ、そう言わずに。係長は口は悪いけれど、あれでも心の中では梢田さんのことを、心配してるんですよ」

「心の中じゃなくて、態度で示してほしいもんだ」

駅前で別れ、梢田は三十分ほどパチンコをして、時間をつぶした。

署に出ると、小百合の姿はデスクに見えず、斉木斉が椅子にふんぞり返った格好で、競馬新聞を読んでいた。

「おう、有休なのに、出て来たのか」

梢田は、もう少しで貸した五万円の話を持ち出そうとしたが、ぐっとこらえた。

「今朝、金剛書店に行ってきた。でたらめじゃなくて、実在する店だったんだ。ばあさんとも話した」

斉木は興味を示し、競馬新聞を投げ出した。

「それで」

「それでも何も、頭にきた」

梢田は、手にした『わが薔薇の前に跪け』を、屑籠《くずかご》にほうり込んだ。

それから、金剛リキに体よく追い返されたいきさつを、詳しく話す。ついでに、陣馬書店に寄って陣馬六郎と話をしたことも、併せて報告した。

斉木は、陣馬の姪の小百合を松本ユリなる女だと思い込んでおり、いっとき用もなく店の前をうろうろして、怪しい目で見られたものだ。そのおり、水をかけられそうになったことがあり、今でも陣馬を大の苦手にしている。

そんなこともあってか、斉木は梢田の話をおもしろくなさそうに聞いていたが、終わると顎の先を掻《か》いて言った。

「そうか。そういう詐欺があるのか。おれも知らなかった」

「だろう。仕掛けたやつは、ばあさんをたぶらかすだけじゃ満足せず、同時に五本松にも一泡吹かせてやろう、と考えたに違いない」

斉木は、少し考えた。

「しかし、それだと五本松は名前を使われるだけで、実害はこうむらないことになる。いやがらせなら、何かしら実害を与えようとするのが普通だ」

「たまたま、おれが実害をこうむることになったから、同じじゃないか」

「いや、そうじゃない。発想を変えてみよう。狙いは五本松じゃなく、おまえだったと考えたらどうだ」

梢田は、一瞬きょとんとした。

「おれが狙いとは、どういうことだ」

「おれにも、まだ分からん。これまでに、おまえが扱った事件の関係者で、恨みを買ったかもしれんやつを探すのも、一つの方法かもしれんぞ。どうせ、有休を取ったんだから、暇つぶしにやってみたらどうだ。会議室を貸してやる」

ためらったものの、何かヒントがつかめるかもしれない、と思い直した。

「分かった。試してみよう」

キャビネットから、これまで関《かか》わった事件の記録コピーのファイルを取り出し、会議室へ抱えて行く。

すでに小百合がそこにこもり、自分のファイルを引っ繰り返している最中だった。

「どうしたんですか、梢田さんまで」

「いや、暇つぶしみたいなもんだ」

斉木の意見を伝え、並んでファイルを広げる。

小百合は、何かひとしきり考えを巡らしたあと、またチェックを始めた。

梢田は夕方まで続けたが、小百合は一時間ほどで作業を切り上げ、斉木が苦情を言い出さないうちにと、本来の仕事にもどって行った。

結局その日は、何も収穫がなかった。

5

梢田威は、翌日も有休を取った。

会議室に閉じこもり、古いファイルのチェックを続ける。午前中、本来の仕事にもどっていた五本松小百合も、昼休みになると梢田と一緒になって、自分のファイルと取り組んだ。

「こうして読み返すと、おれが挙げたやつらはみながみな、おれに恨みを抱いているような気がする。とっつかまえるとき、例外なしに叩きのめしてやったからな」

梢田が言うと、小百合はすっかりあきあきした様子で、背伸びをした。

「五本松も、ずいぶん叩きのめしましたけど、そのときは松本ユリになり切って、やりましたからね。五本松として叩きのめすことは、めったにありません。五本松が、恨みを買うはずはないんですよね」

梢田は、ファイルを機械的にめくりながら、なおも続けた。

「仕掛けたのは、女と男の二人組だよな。女をぶちのめした覚えはないから、関係があるとすれば男の方だろう。ばあさんの話じゃ、本を売りに来たのはがりがりに痩せた、がに股野郎ということだった。急には思い出せないが、きみの方はどうだ」

「五本松も、ぶちのめしたのは男だけで、女性はいませんよ」

「女の恨みは、ぶちのめされる以外にも、いろいろあるだろう。ねたみとか、やっかみとか。つかまえた女の中で、松本ユリに似たタイプの女とか、きみが変身するのを知っていそうな女とかに、心当たりはないのか」

小百合は、椅子の背にもたれかかった。

「それを言い出したら、きりがないわ。とにかく、梢田さんと五本松が刑務所へ送り込んだ連中のうちで、ここ一年ほどの間に出所した人を探すのが、早道かもしれませんね」

「それもそうだな」

そのとき、ぱらぱらと繰っていたファイルの中から、突然〈古本屋〉という文字が電光のように、目に飛び込んできた。

あわてて、その箇所をめくり返す。

〈……女房の実家は古本屋で、多少の日銭ははいるものの裕福というわけではなく、そうそう無心に行くわけにもいきません。しかたなく……〉

そこまで読んで、ファイルの表紙を確かめた。

〈樫野《かしの》誠吾《せいご》覚醒剤《かくせいざい》密売事件一件〉

忘れもしない、自分の汚い字でそう書いてある。

その事件なら、記憶に残っている。御茶ノ水署へ転属になる少し前、覚醒剤取締法違反で逮捕した暴力団員、樫野誠吾の事件だ。

樫野は、覚醒剤密売の罪で執行猶予中、同じ罪で梢田に逮捕された。むろん、つかまると刑が加算されるため、逮捕現場でしぶとく抵抗した。結局、梢田が肋骨《ろっこつ》を蹴《け》り折って逮捕したが、梢田の方も全治一週間の打撲傷を負った。

その取り調べで、樫野がふと漏らしたのが、妻子のことだった。逮捕された事実を、知らせないでくれというのだ。

弁護士をつけるためにも、家族に何も言わずにおくことは不可能な話で、通知せざるをえなかった。その結果、赤ん坊を背負った妻が接見に来たのを、ぼんやりと覚えている。

妻の名前も顔も忘れたが、実家が古本屋だと樫野の口から聞かされたことを、はっきりと思い出した。

小百合が、顔をのぞき込んでくる。

「どうしたんですか」

「関係ありそうな事件を、思い出したんだ」

梢田はファイルを示し、事件の概要を説明した。

「樫野は、執行猶予中だったから懲役が加算されて、五年の実刑を食らったはずだ。考えてみると、そろそろ出所するころかもしれん」

「樫野は痩せっぽっちで、がに股の男なんですか」

「そう言われれば、そうだった。痩せてはいたが、めっぽう腕力が強かった。しかも、がに股のくせにやけに足が速い、ときている。逮捕するとき、だいぶてこずった覚えがある」

「奥さんの方は」

記憶をたどる。

「よく覚えてない。赤ん坊を背負っていたのは、なんとなく記憶にあるんだが」

「だとすると、その人が五本松に化けて本を依頼した女かどうかは、分かりませんね」

梢田は考えた。

「きみのおじさんの話では、あのばあさんには嫁いだ娘が一人、いたそうじゃないか。もし、その娘の嫁ぎ先がこの樫野だったとしたら、どういうことになるかな」

小百合が、分別臭い顔をする。

「狙いは五本松ではなく、梢田さんかもしれないという係長の意見が、俄然《がぜん》脚光を浴びてきますね」

「そういう気もするが、なんとも言えないな。とりあえず、樫野が出所したかどうか、出所したとすればいつか、それに樫野の女房がリキばあさんの娘かどうか、そのあたりを調べる必要がある」

小百合は、自分のファイルを閉じた。

「でしたら、梢田さんは樫野の方を調べてください。五本松は、リキの娘の方を受け持ちます」

午後一杯かけて、梢田は会議室からあちこちに電話で問い合わせをし、樫野の情報を集めた。予想以上に、収穫があった。

その間、小百合も何か口実を作って外出したようだが、夕方五時ごろ会議室にもどって来た。
「いかがですか。何か分かりましたか」
「だいたい分かった。樫野は、一か月ほど前に府中刑務所から、娑婆《しゃば》へ舞いもどってい
た。落ち着き先は、妻子が住む仙台《せんだい》市内のアパートだと」
「仙台」
「うん。樫野の実家が、アパートの近くにあるそうだ。樫野が刑務所にはいってから、
妻子は仙台へ引き移ったらしい。宮城県警に、栗山という知り合いのデカがいるので、
調べてもらった。樫野のやつ、二週間ほど前から市内の配送業者のところで、地道に働
き始めたんだとさ」
「それで、奥さんの名前は」
「スミエだ。記憶にないが、寿に美しいに枝と書くらしい。旧姓は分からない」
梢田が言うと、小百合は微笑を浮かべた。
「やはりね。五本松が調べたところでは、リキの娘も同じ字の寿美枝です。これはもう、
偶然ということはないでしょう」
梢田は力が抜け、椅子にどたりと腰を落とした。
「そうか。ちなみに栗山の話では、寿美枝は髪をライオンのように逆立てた、けばい女
らしい。それだけ聞くと、つい松本ユリを思い出すよなあ」

「リキは、娘夫婦の外見をそのまま口にしただけで、寿美枝と松本ユリが似ていたのは、ただの偶然かもしれませんね」

「寿美枝のアパートには、年に二度か三度母親らしいばあさんが、訪ねて来たそうだ。アパートの住人からそう聞いた、と栗山は言っていた。そのばあさんが、たぶんあの金剛リキだろう」

小百合も、テーブルの向かいにすわる。

「そうすると、出所した樫野が義理の母親のリキに因果を含めて、梢田さんに仕返しをさせた、ということでしょうか」

「それはどうかな。樫野が、もしおれにほんとに恨みを抱いてるなら、そんなけちなお礼参りはしないだろう。だいたい、樫野がばあさんにそんな話を持ちかける余裕は、なかったはずだ。栗山の話では、樫野は出所後間なしに仙台へやって来たらしいし、その後夫婦が東京へもどった形跡もない。せいぜいばあさんに電話をかけて、出所の挨拶をしたくらいだろう。おれには、樫野や寿美枝が直接今度の一件に関わった、とは思えないな」

小百合は、きゅっと眉を寄せた。

「それじゃ、一連の出来事はやっぱり、偶然ですか」

「これだけ駒が揃えば、さすがに偶然ということはない。もしかすると、ばあさんが自分だけの考えで、一人芝居を打ったのかもしれんな」

「一人芝居」

「うん。一杯食わせて、おれからいくらかでも金を巻き上げれば、樫野への出所祝いになる、と考えたんじゃないか」

小百合は、ぷっと吹き出した。

「出所祝いですか」

「あのばあさんなら、それくらいやりかねない気がする。おれが今、御茶ノ水署に勤務しているのを調べるのは、娘から名前を聞かされていたとすれば、それほどむずかしいことじゃない。きみが署にいるかいないかは、電話一つですぐに突きとめられる。言い忘れたが、おとといばあさんが訪ねて来る少し前に、外からきみに電話があったんだ。いないと返事をしたが、あれがばあさんだったかもしれん。妙なしゃべり方だったから、たぶん声を変えていたんだろう。そのときに、おれの名前も聞かれた。きみが不在で、おれが在席していることは、それで確認できたわけだ」

「でも、携帯電話か何かで五本松に確認を取られたら、この計画は失敗に終わることは、分かっていたはずだわ。いくら、お年寄りでも」

「それが運よくというか、おれにとっては運悪くだが、ケータイがつながらなかった。かりにつながって、本を頼んだのがきみじゃないと分かっても、ばあさんは別に罪に問われるわけじゃない。自分が客にだまされた、ということにすればいいわけだからな」

小百合は口をつぐみ、ほかに穴がないかどうか考えるように、むずかしい顔をした。

梢田は続けた。

「おれにしては珍しく、筋道の通る推理をしただろう。まあ、自慢してる場合じゃないけどな」

「梢田さんの推理どおりだとしても、リキを詐欺罪でつかまえることは、できませんね。物的証拠が、何もありませんから。善意にすがって、お金を返してくださいとお願いするしか、方法がないわ」

「しかもそれで、分かりましたと返してくれる見込みは、まったくないとくる」

梢田は力なく、椅子の背にもたれ込んだ。

逆に小百合が、がばと椅子から背を起こす。

「待ってください。リキはどうやって、五本松の名前を知ったのかしら。梢田さんの名前は、娘さんから聞いていたかもしれないけれど、五本松のことは知らないはずだわ。これまで、なんの接点もないんですから」

「私立探偵でも使えば、きみがおれの同僚だってことくらい、調べられるだろう」

「あのけちなおばあさんが、そんな手間とお金をかけますか。なぜ、五本松を選んだのかが、分からないわ」

小百合は、椅子の背にもたれ直して、額に手を当てた。

言われてみれば、そこに疑問が残る。梢田がだまされたのは、金剛リキが小百合の名前を使って、一芝居打ったからだ。リキは、その小百合の名前や所属を、どうやって探り出したのか。警察関係者に、だれか知り合いでもいるのか。

小百合が手を下ろし、顔を上げた。

「もしかすると」

「もしかすると」

梢田が聞き返すと、小百合は眉を開いた。

「もしかすると、東日新聞の記事を読んだのかもしれないわ。ほら、この間首都圏版に紹介された、例の記事ですよ」

梢田も、すぐにそのことを思い出して、テーブルを叩いた。

「そうか、それに違いないぞ」

小百合もうなずく。

「ええ、それしか考えられませんね」

一か月かそこら前、東日新聞の首都圏版を担当する女性記者が、〈現場で活躍する女性刑事〉というテーマで、警視庁管内に勤務する女性刑事を何人か取り上げ、紹介記事を書いた。そのとき、本庁広報部の指示で小百合も取材対象の一人に選ばれ、記者のインタビューを受けたのだった。名前や所属が紹介され、顔写真まで載った。

「樫野の出所を控えて、ばあさんは少し前から準備を進めていたはずだ。そんなとき、あの記事を目にしたに違いない。御茶ノ水署生活安全課保安二係所属とくれば、おれと同じ部署だとすぐに分かる。きみの名前をうまく利用すれば、おれを引っかけられると思ったんだ」

「そうですね。東日新聞は、ほかの全国紙に比べて購読料が安いし、リキが読んでいる可能性は高いわ」

小百合が言ったとき、会議室の隅の電話が鳴った。

梢田は椅子を立ち、受話器を取った。

「梢田さんに、お客さまです」

受付の女子職員だった。

「だれだ」

聞き返すと、笑いをこらえるように言う。

「コンゴウリキさんとおっしゃってますけど」

6

梢田威は驚いて、背筋を伸ばした。

「金剛、リキだと。いったい、なんの用だ」

突然のことで、うろたえてしまう。

「知りません」

そっけなく言う女子職員に、梢田は受話器を持ち直した。

「ええと、なんの用だか、聞いてみてくれ」

五本松小百合が、好奇心をまる出しにして、じっと顔を見つめてくる。

少し間があき、いきなり金剛リキの甲高い声が、耳に飛び込んだ。

「ああ、梢田さんね。昨日はどうも。用というのは、お金を返しに来たのよ」

「お金を、返してくださる、ですって」

梢田は、思わずていねいな言葉遣いになり、小百合を見た。

小百合も、ぽかんとしている。

「そうよ。昨日はちょっと、意地悪しただけ。頼んでもいない本を、無理やり押しつけるわけには、いかないでしょ」

梢田は、気をつけをした。

「いや、そのようにご理解していただけると、わたしもほっとします」

「それじゃ、取りにおりて来てくださいな」

「はい、ただ今。受付の職員に、この間の応接室に案内するように、と言ってください」

「はいはい、分かりました。本を忘れずにね」

「は」

梢田はとまどい、絶句した。

「本ですよ。お金を返すからには、本も返していただかないとね」

一瞬、パニックに陥る。

あの本は、どうしたか。確か、署に置いてあるはずだ。家には、持ち帰ってない。どこの引き出しだったか。

いや、小百合に預けたような気もする。

焦っていると、リキがきつい声で続けた。

「どうしたの。本と引き換えでなきゃ、いくらなんでもお金は返せませんよ」

「分かりました。すぐに、おりて行きますから」

受話器を置き、小百合を見る。

「おい、あの本をどこへやった」

「あの本って、梢田さんがずっと、持ってらしたじゃありませんか」

小百合の当惑した様子に、梢田は冷や汗が出た。

「持ってたと思うんだが、どこへやったか忘れた」

「そんな。デスクの中を、探してみたらいかがですか」

「そうしよう」

梢田は会議室を飛び出し、生活安全課の席にもどった。

大急ぎで、デスクの引き出しを全部あけてみたが、本はどこにもなかった。

競馬新聞を読んでいた斉木斉が、うるさそうに顔を上げて言う。

「何をばたばたしてるんだ。あまり、ほこりを立てるな」

「あの本を知らないか」

「あの本。どの本だ」

「あの本といったら、あれに決まってるだろうが。『わがバラのけつにひざまずけ』だ」

あまりあわてたので、自分でも何を言っているのか分からない。

「知るか。おまえが、後生大事に持ち歩いてたんだろう」

突き放されて、梢田はますます焦った。

体を回した拍子に、屑籠を蹴飛ばす。

あわてて押さえ込んだとき、唐突に記憶がよみがえった。昨日、署にもどって斉木に報告する前、この屑籠に本をほうり込んだのだ。

紙の詰まった口に、手を突っ込む。昨日たまった屑を、昨日のうちに清掃業者が持って行ったとしたら、一巻の終わりだ。

梢田は神に祈りながら、床に屑籠の中身をぶちまけた。

斉木がどなる。

「こいつ、何をしやがる。ここは、ゴミ処理場じゃないぞ」

生活安全課にいた連中が、全員びっくりして振り向いた。

梢田は、デスクの下に滑り込もうとした例の本に、死に物狂いで飛びついた。

「あった」

全身から、安堵《あんど》の汗が噴き出す。

梢田は本を抱えて、戸口へ突進した。小百合と、危うくぶつかりそうになる。

「ありましたか」

「あった」

「よかった。一緒に行きます」

梢田は、小百合を後ろに従えて階段を駆けおり、応接室に向かった。

リキは、テーブルの向こう側のソファの真ん中に、ちょこんとすわっていた。先日の、地味ないでたちと打って変わって、真っ赤なカーディガンを着ている。

「どうも、わざわざご足労《で》いただいて、申し訳ありません」

梢田は、ほとんど揉《も》み手をせんばかりに辞を低くして、リキに最敬礼した。

リキが眼鏡を光らせ、鷹揚《おうよう》にうなずく。

「あたしこそ、ちょっと冗談が過ぎたようだわ。ごめんなさいね」

梢田は、本をリキの前に置いた。

「それじゃ、これをお返しします」

リキは、信玄袋の口を開いて、金を取り出した。

「はい、お金」

テーブルの上に置かれたのは、三万五千円だけだった。

「ええと、お渡ししたのは、八万五千円だったはずですが」

「だって、あたしはこの本をほかの人に五万円払って、買ったんですよ。その分を差っ引かないと、損しちゃうじゃないの」

頭が混乱する。

「ええと、どういう計算になるのかな。あなたは、五本松から手付け金として、一万円もらってるわけでしょう。つまり、実質四万円の出費ということになる。だとすれば、こっちは少なくとも四万五千円、返してもらえるはずだが」

リキはからからと笑った。

「だって五本松さんは、心当たりがないと言ってらっしゃるんだから、一万円払ったのは別の人ってことじゃないの。返すのなら、あなたじゃなく、その人に返さなきゃ」

言われると、もっともな気もする。

梢田がもじもじしていると、後ろから小百合が割り込んだ。

「リキさん。いいかげんにしてください。三万五千円とか四万五千円の問題じゃなく、耳をそろえて八万五千円返すのよ」

その強い口調に、リキがたじろぐ。

「冗談じゃありませんよ、あなた。善意で返金に来たというのに、そんな言い方はないでしょ。それだったら、あたしはこのまま帰りますよ」

梢田は焦ったが、小百合はひるまなかった。

「ネタは、すっかり上がっているのよ、リキさん。あなたの娘、寿美枝さんが樫野誠吾に嫁いだことも、樫野との間に子供が一人いることも、その樫野が最近出所して仙台へ回ったことも、こっちには全部分かってるんだから。娘さん夫婦も承知か、それともあなた一人で考えたことか知らないけれど、梢田刑事に一泡吹かせるためにお芝居を仕組んだことは、とっくに知れているのよ。その本だって、最初からお店にあったに違いないわ」

まくしたてられて、リキは目を白黒させ、喉《のど》を動かした。

「ど、どこにそんな、証拠があるのよ」

「証拠はないわ。でも、あなたがあくまでお金を返さないというなら、仙台の樫野の勤め先に連絡して、前歴をばらしてやるわ。仙台どころか、どこに行っても働き口がないように、手を回すこともできるんだから」

　リキは、頬をこわばらせた。

「あんた、刑事のくせに善良な市民を、脅迫する気。そんなことすると、警察を首になるわよ」

　梢田も、リキ以上に驚いて、小百合を見た。いくらなんでも、それは言いすぎだ。

　小百合が、固い表情で応じる。

「脅しじゃないわよ、リキさん。わたしは、警察を首になったって、痛くもかゆくもないの。八万五千円払わないのなら、さっさとお帰りなさいな」

　そう言って、テーブルに置かれた橘高薫堂の本を、引き上げようとする。

　リキの手が、小百合の手をはねのけんばかりの勢いで、本をつかみ取った。

「分かったわよ。そこまで言うなら、返してあげるよ」

　信玄袋から、さらに一万円札を五枚取り出し、その場に投げ捨てる。

　梢田は急いで、テーブルに散った八万五千円を、掻き集めた。

　リキが、いまいましげに言う。

「あんたが、誠吾さんを監獄にぶち込んだおかげで、うちの娘は乳飲《ちの》み子《ご》を抱えて、さんざん苦労させられたんだ。今度のことで、少しは懲《こ》りたかい」

　梢田より先に、また小百合が口を開く。

「樫野が、臭い飯を食うはめになったのは、自業自得じゃないの。あなたも、娘さんやお孫さんがかわいいなら、樫野が二度とばかなまねをしないように、仙台へ行ってよく見張りなさい。今度覚醒剤に手を出したら、一生刑務所から出られないようにしますよ」

「まったく、とんでもない警察だよ」

リキは捨てぜりふを残し、本と信玄袋を抱えてあたふたと席を立ち、戸口へ向かった。

7

金剛リキが出て行くと、梢田威は腕組みをした。

「いくらなんでも、やりすぎじゃないか。金がもどったのはありがたいが、あのばあさんをますます怒らせちまった。今度はきみが、狙い撃ちされるかもしれないぞ」

五本松小百合は、涼しい顔で応じた。

「いいんです。あれくらい薬を効かせないと、癖になりますから」

梢田は、金を財布にしまって、小百合と一緒に応接室を出た。

生活安全課にもどり、斉木にリキが金を返しに来たことを、報告する。

「そうか。そいつはよかったな」

斉木はそう言ったきり、競馬新聞から目を上げもしない。梢田は、拍子抜けがした。

席についた小百合が、思い出したようにパソコンを開く。

梢田は、回収した金を財布から抜き出し、もう一度丹念に数えた。確かに、八万五千円ある。うれし涙が出そうになった。

斉木が、ぽつりと言う。

「これで、おまえに借りた五万円は、帳消しだな」

「ああ」

ほっとするあまり、うっかりそう答えてから、梢田は飛び上がった。

「待て待て。それは、どういう意味だ。どさくさまぎれに、ごまかそうったって」

そこまで言ったとき、パソコンを操作していた小百合が、頓狂《とんきょう》な声を上げた。

「うそ。これ、どういうこと」

課内の視線が、全部小百合に集まる。

小百合は赤くなり、首を縮めた。

梢田は、手を振って他の刑事たちの注目を追い払い、小百合の席に回った。

「どうした」

小百合は、画面を指さした。

「見てください。〈日本古書ネット〉の検索エンジンで、橘高薫堂著作集第四巻『わが薔薇の前に跪け』を検索してみたら、一件だけ見つかったんです。そうしたら、第四巻一冊だけで、三十万円ですって」

「三十万円」

梢田は、小百合の指先を目で追い、絶句した。ゼロの数をかぞえたが、確かに三十万円だ。しかし、驚いたのは、それだけではない。

出品しているのは、陣馬書房だった。

「おい、どういうことだ。陣馬書房が、なぜあの本にこんな突拍子もない値段を、つけるんだ。昨日会ったとき、おやじさんは数の少ない本だが五千円を超えることはない、とか言ってたじゃないか。こんな、とんでもない値がつくなんて話は、一言も出なかったぞ」

「ええ。五本松にも、わけが分かりません。もしかすると、リキはネットでこの値付けを見て、急にあの本を取り返す気になったのかも」

言われてみれば、リキの店のカウンターにノートパソコンが、載っていた。

それに、さっき小百合が本を引き上げようとしたとき、リキは渡すものかと言わぬばかりに、あわてて抱え込んだ。金を返しに来た、というのは単なるおためごかしの口実にすぎず、本心はあの本がもっと高く売れそうだと知って、取り返しに来たのではないか。

梢田は、小百合の肩を叩いた。

「よし、とにかく、すぐに伯父」

そこまで言って思いとどまり、空咳《からせき》をして言い直す。

「ええと、すぐ陣馬書房に電話して、わけを聞いてみてくれないか」

横目で見ると、斉木は相変わらず競馬新聞に没頭し、話を聞いている様子はなかった。

「分かりました」

小百合は受話器を取り上げ、番号をプッシュした。

「もしもし、陣馬書房さんですか。わたくし、御茶ノ水警察署の五本松と申しますけど」

他人行儀な口調で、ネットに載った本のことを質問する。

梢田は、小百合と陣馬のやりとりが終わるのを、じりじりしながら待った。

小百合はときどき相槌《あいづち》を打ち、途中で梢田の方に目を向けたり、斉木を横目でちらりと見たりしながら、長ながと話を続けた。

五分ほども話を続けたあと、小百合はようやく受話器を置いた。

「なんだって」

梢田が勢い込んで聞くと、小百合はそれを制して斉木に声をかけた。

「係長。ちょっと、外で腹ごしらえをしながら、打ち合わせをしませんか」

斉木は競馬新聞をほうり出し、薄笑いを浮かべて応じた。

「いいとも。〈久六〉でも行くか」

梢田が口を開きかけると、小百合はハンドバッグを取り上げながら、ささやいた。

「あとで、詳しくお話しします」

三人は署を出て、御茶ノ水駅前の狭い路地裏にある一杯飲み屋、〈久六〉に行った。

生ビールを頼むのももどかしく、梢田は小百合に聞いた。

「それで、どういうことだったんだ、陣馬書房は」

小百合が、斉木を見る。

「そのお話は、係長からしていただけますか」

梢田は、斉木に目を移した。

「なんだ。あんたに、何か関係があるのか」

斉木がふんぞり返り、偉そうな口調で言う。

「何かどころじゃない。陣馬書房のおやじに頭を下げて、あの本を三十万でネットに緊急掲載するように頼んだのは、このおれだ」

梢田は驚き、顎を引いた。

「だれが、そんなことをしてくれ、と言った。だいいち、おやじさんがあの本を持ってるなんて話は、聞いてないぞ」

「事実、持ってない」

梢田は、面食らった。

「持ってもいないのに、あんなとんでもない値段で売りに出すとは、どういうことだ。万が一注文がはいったら、いったいどうするつもりだ」

「はいるわけがない。あんなくだらぬ本に、だれが三十万も払うか。間違って注文がはいったにしても、たった今売り切れましたと言えば、それですむことさ」

「だったら、いったいなんのために」

「ばあさんがあの売値を見たら、何かの拍子に急に相場が上がり始めたと思って、本を買いもどしにくるかもしれん、と睨んだんだ。だまし取った金を持ってな」

「まさか。そんなに単純か、あのばあさんが」

「それだけじゃない。陣馬書房のおやじから、ばあさんに問い合わせの電話をかけてもらったのさ。もしかして、『わが薔薇の前に跪け』を持ってないか、とな」

「どうしてだ」

「ネットに三十万で出したら、注文が立て続けに四つも五つもはいったので、ほかの店に片っ端から当たっているところだ、とほらを吹かせたんだ。今に、五十万の値がつくかもしれない、とかな。そいつがおそらく、だめ押し効果になったはずだ」

梢田は、あきれて首を振った。

「それであのばあさん、あわてておれのところへ本を取り返しに来た、というわけか」

「そうだ。三十万で売れれば、八万五千円をそっくり返しても、たいへんなお釣りがくる」

「しかし、いくらあのばあさんが欲深でも、常識的に考えてあの本が三十万で売れる、と考えるかね」

「十万や十五万じゃ、たいしたインパクトはない。思い切って三十万にしたところが、おれの鋭いところだ。その証拠にばあさん、まんまと引っかかったじゃないか」

そのとき、生ビールがきた。

ひときわ、景気よく乾杯する。

梢田は、感心しながら言った。

「まったく、あんたもよくやるぜ。しかし、そんな手間のかかることを、よく承知してくれたよなあ、陣馬書房が。あんたは、あのおやじさんに嫌われている、と思ったが」

「かわいい二人の部下のために、頭を下げて頼んでやったんだ。まあ、ふだん五本松が万引き対策やら何やら、いろいろ相談に乗ってやってるのがきいた、ともいえるな」

陣馬はただ、姪のために一肌脱ぐ気になったに違いないが、それを教えるわけにはいかない。

携帯電話の呼び出し音が鳴り、小百合があわてて外へ出て行く。

そのすきに、梢田は聞いた。

「まさか、おやじさんに松本ユリの消息などを、聞いたりしなかったろうな」

斉木が、ちょっとたじろぐ。

「話のついでだから、最近連絡があるのかどうか、聞いてみた。音信不通だそうだ」

何が、話のついでだ。

「未練がましいぞ。ユリはブルキナファソで、あっちの男と身を固めたんだ。いいかげんに、あきらめろ」

斉木は、むっとした顔になった。

「大きなお世話だ。それより、さっきも言ったとおり、借りた五万は帳消しだからな」

梢田は、目をむいた。

「それとこれとは別だ。約束どおり、返してもらうぞ」

「この、恩知らずめ。せめて、次のボーナスまで待つのが、礼儀ってもんだぞ」

「あと半年も、待てるものか。かわいそうだから、この次の給料日まで待ってやる。そのとき返さなかったら、もう容赦しないからな」

やり合っているところへ、小百合がもどって来た。

固い表情で言う。

「陣馬書房の、ご主人からでした」

「なんだって」

梢田が聞き返すと、小百合は肩をすくめた。

「あの、三十万円の『わが薔薇の前に跪け』に、注文がはいったんですって。しかも二件。ひやかしでは、ないらしいわ」

梢田はあっけにとられ、斉木と顔を見合わせた。

小百合が、乗り出して言う。

「リキさんから、あの本を取りもどせないかしら」

梢田も斉木も、言葉が出なかった。

解　説

大津波悦子

御茶ノ水署生活安全課保安二係斉木斉係長と梢田威刑事の名コンビに、才媛の五本松小百合巡査部長が加わり、都会に蠢く数々の事件に挑む！　描くは、百舌シリーズなどでおなじみの逢坂剛。とくれば本書もハードな警察小説とお思いでしょうが、『しのびよる月』『配達される女』に続くこの御茶ノ水署シリーズを見くびってはいけません。

『百舌の叫ぶ夜』に始まる百舌シリーズ（舞台と脇役が重なる『裏切りの日日』を第一作として、「公安シリーズ」とも呼ばれる）の倉木警視や、禿鷹シリーズ（『禿鷹の夜』『無防備都市』『銀弾の森』など）の禿富警部補などの警察官を思い起こしながら、本書に取りかからないでください。あ、もちろんそう思って読み始めていただいてもいいのですが、いい意味で、肩透かしを食らうはずです。

だって、百舌や禿鷹シリーズのシリアスでハードなシリーズの反対にあるのが、この御茶ノ水署シリーズです（この辺の詳しい分析はシリーズ第二作の『配達される女』で池上冬樹氏が論じていますので、ぜひそちらをお読みください）。カテゴライズするならば、スラップスティック・ミステリの警察版ですね。『配達される女』は五本松巡査部長が登場して、『しのびよる月』よりいっそうドタバタ具合も、笑いもアップし、本書『恩はあだで返せ』でますます快調。

小学校の同級生が長じて、職場の上司と部下の関係になる、それも小学校時代は威張っていた方が巡査部長の昇進試験に毎回落ちるようなヒラ刑事で、一方が大学を出てはや管理職という組み合わせです。いじめていた方がいじめられ役という立場の逆転がまずもって面白いわけです。小学校時代はジャイアンとのび太くん、いやスネ夫くんキャラということになりましょうか。体格は小学校時代の正比例でありながら、立場は反比例。ボケとツッコミのでこぼこコンビの一丁上がりです。

そのお二人様に『配達される女』以来、頭脳、身体能力ともに優れた女性刑事が加わり、捜査力(?)もパワーアップ。相も変わらず巡査部長の昇進試験に受からない梢田より階級は上という五本松は、男二人に挟まれたとも見えるし、ど真ん中にいるともいえます。彼女は、実は彼ら二人よりもハチャメチャな暴走力も持っています(五本松に、ジェンダー学的分析を加えてみても面白いかもしれないなー)。斉木にだけは知られてはならない秘密もあり、って、梢田にならいいのかというツッコミを入れてみたくなったりもしますが、『配達される女』に比べれば、本書においては物語のアクセント、差し色というくらいの位置でしょうか。

さて、生活安全課ですが、斉木係長以下の面々のお仕事を見ていれば分かろうとはいうものの、いったいどんな部署なのでしょうか。警視庁のホームページには、各警察署の生活安全課の仕事内容を「少年の事件や迷子、家出人の扱い、困りごとの相談／鉄砲、火薬、バー、パチンコ店などの許可事務／公害の捜査」と簡単に紹介しています。ある県警ではもう少し丁寧に「防犯活動、少年の非行防止活動、お年寄りを狙った悪質な訪問販売等、市民生活を脅かす犯罪の捜査及び少年を取り巻く有害環境の浄化や広報・啓発活動を行い、犯罪・事件の未然防止と根絶のための各種活動に取り組んでいます。地域部門では、住民の身近に起こる事件・事故を未然に防ぐための予防活動・取締り、捜査活動に取り組んでいます。なかでも、地域住民と連携した地域安全活動の推進を活動の最重点としています」との説明。おお、われわれ市民の生活に直結した、まさに文字通りの部署だということですね。

しかし、「人間《じんかん》いたるところ青山あり」、じゃなくて事件あり。しかし、保安二係的な取り組みぶりで、一定の成果が上がってしまう御茶ノ水署管内って、とってもいいところというか安全なところなんですね。

著者である逢坂剛は、長年神田錦町にある広告代理店に勤めながら作家活動を行っていましたが、一九九七年に会社勤めをやめ、神田神保町に事務所を構えています。つまり、社会人になって以来、御茶ノ水署管内を仕事場にし続けているわけです。本郷通り沿いにあるらしい御茶ノ水署のモデルは神田警察署だと思いますが、本物は駿河台下の交差点を東南方向に下ったところにあるので、実際の位置はちょっとずれています。

　でも、神保町界隈の地理は、しっかり書き込まれており、ランドマークはもちろんのこと、各種のお店は実在の物も多く、架空のばあいもこれはあそこかな？と思い当たるようなところが少なくありません。実は筆者も管内が仕事場なので、このシリーズを読むのは本当に楽しいのです。地下鉄の神保町駅（神保町の交差点）を中心として、半径一・五キロから二キロメートルくらいの地図が側にあると、神保町をご存じない方にもぐっと楽しみが増すのではないかしら。そうそう、三省堂書店の単行本のブックカバーが界隈の地図になっていますね。この地図には食べ物屋さんも結構明記されていて、なかなか役に立ちます。もしも、手に入ったら、座右に置いて本書を楽しんでください。

　前二作を読んでいたら、今は亡き（何を大げさなと思われる向きもおありでしょうが）店の名前があったりして、そぞろ懐かしまれます。考えてみますと、このシリーズの一作目が発表されたのが一九八五年ですから、間に約十年のブランクがあるものの、もう二十年以上も続いているのですね。斉木、梢田、五本松に次ぐ主人公ともいうべきなのが、実は神保町の街であり、本書に出てくるランドマークやお店の数々をいちいち解説したいくらいです。現実の街を反映しつつ、管内の街並みはゆっくりと変貌を遂げています。

斉木、梢田のコンビが初登場するのは『情状鑑定人』に収録されている「暗い川」という作品です。登場人物は同じでもだいぶ趣が違う作品で、シリアスな悪徳刑事ものとなっていますが、なにしろ御茶ノ水署の警官です。全くの推測に過ぎませんが、著者自身愛着のある街を舞台とした作品を書こうとしたときに、ちょっとはずるいこともするけれど憎めないキャラクターが、コメディ調で活躍するユーモラスな作品を、と考えたのではないのかと思うのです。そんな舞台に登場する彼らは、当然性格を変えて出て来たに違いないのです。

千代田区には、要所要所に町名由来板というのが設置されています（確か百八箇所！だったと思いますが）。逢坂剛は、その中で「神田神保町一丁目」の由来板の執筆を担当しています。十月末から始まる神田古本まつりに出される古書店会の目録では、巻頭エッセイが神保町にかかわりの深い方たちによって書かれますが、これにも執筆したり、千代田区が出している『千代田まち事典』にも「文人・墨客の町」を寄稿しています。これは短い物ではありますが、江戸時代にも造詣が深いことがうかがわれます。『重蔵始末』を書いているのですから、当然といえば当然でしょうが。

『配達される女』最終話「犬の好きな女」で、ブルキナファソへ行こうかと考える斉木の休暇を無事阻止したらしく、本書第一話「木魚のつぶやき」は、斉木と梢田がすずらん通りに向かう途中で、〈路地裏の哲学者〉略してウラテツと呼ばれる路上生活者と出会うところから始まります。歩行禁煙の区条例があるところから、喫煙者に注意したウラテツはまんまと二千円――罰金がこの金額なんですね――をせしめていますが、二人はそれを注意したりしつつ、再開発された超高層ビルを振り仰いで嘆息しています（確かにこのビルができたおかげで街並みは一変しました）。怪しげな勧誘活動をしている男がいるという通報で署を出てきたのですが、斉木が交番で一休みしている間に梢田はこれに見事に引っかかってしまいます。ワゴン車に連れ込まれ怪しげな印鑑を買わされそうになり、相手を追いかけるのですが、ウラテツに偶然なのか妨害されて逃げられてしまいます。キャッチセールス事件なのかと思いきや、本庁もからんで意外な展開を見せますが、五本松の活躍により、またまた上手いこと決着がつきます。

ちなみにすずらん通り裏には木魚ならぬ「人魚」が名前に付いたお店があります。そこに夏野さん似の美人ママがいるのかどうかは……、訪ねてのお楽しみということになりましょう。

続いては例の超高層ビルの敷地に武家屋敷遺構があったかもしれないという設定で、斉木が錦華公園のガラクタ市で見つけた茶碗の価値をめぐる「欠けた古茶碗」、マンションにポスティングされたデリヘルのチラシと小学校のＰＴＡ役員との思わぬ関係が明らかになる「気のイイ女」、昔の事件が引き金となって悪徳刑事をやりこめる「恩はあだで返せ」、古書の街神保町らしく古本詐欺にお礼参りがからむ「五本松の当惑」が収録されています。

事件の謎解きも、コミカルな展開も、斉木、梢田の掛け合い、梢田と五本松のやり取り、登場人物たちの会話も読みどころはたっぷり。そして、いずれを読んでも神保町界隈が活写されており、街も、そこに生活する人や人情も、見事に写し取られています。本シリーズこそまさに現代の「風俗小説」だと思うのですが、いかがでしょうか。

彼ら三人の今後と、御茶ノ水署管内の今後が気になります。ぜひともこのシリーズが書きつがれんことを期待して筆をおきます。

この作品は、二〇〇四年五月、集英社より刊行されました。

集英社文庫　目録（日本文学）

江國香織　モンテロッソのピンクの壁
江國香織　泳ぐのに、安全でも適切でもありません
江國香織　とるにたらないものもの
江國香織　日のあたる白い壁
江國香織　すきまのおともだちたち
江國香織　左岸（上）（下）
江國香織　抱擁、あるいはライスには塩を（上）（下）
江國香織・訳　パールストリートのクレイジー女たち
江角マキコ　もう迷わない生活
江戸川乱歩　明智小五郎事件簿Ⅰ〜Ⅻ
NHKスペシャル取材班　激走！日本アルプス大縦断　密着トランスジャパンアルプスレース富山〜静岡415km
江原啓之　子どもが危ない！　スピリチュアル・カウンセラーからの警鐘
江原啓之　いのちが危ない！　スピリチュアル・カウンセラーからの提言
M　L change the WorLd
ロバート・D・エルドリッヂ　トモダチ作戦　気仙沼大島と米軍海兵隊の奇跡の“絆”
遠藤彩見　みんなで一人旅

遠藤周作　勇気ある言葉
遠藤周作　ほんとうの私を求めて
遠藤周作　父親
遠藤周作　ぐうたら社会学
遠藤周作　愛情セミナー
遠藤武文　デッド・リミット
逢坂剛　裏切りの日日
逢坂剛　空白の研究
逢坂剛　情状鑑定人
逢坂剛　よみがえる百舌《もず》
逢坂剛　しのびよる月
逢坂剛　水中眼鏡《ゴーグル》の女
逢坂剛　さまよえる脳髄
逢坂剛　配達される女
逢坂剛　鵟《のすり》の巣
逢坂剛　恩はあだで返せ

逢坂剛　おれたちの街
逢坂剛　百舌《もず》の叫ぶ夜
逢坂剛　幻の翼
逢坂剛　砕かれた鍵
逢坂剛　相棒に気をつけろ
逢坂剛　相棒に手を出すな
逢坂剛　大迷走
逢坂剛　墓標なき街
逢坂剛他　棋翁戦てんまつ記
大江健三郎・選　何とも知れない未来に
大江健三郎　「話して考える《シンク・トーク》」と「書いて考える《シンク・ライト》」
大江健三郎　読む人間
大岡昇平　靴の話　大岡昇平戦争小説集
大久保淳一　いのちのスタートライン
大沢在昌　悪人海岸探偵局
大沢在昌　無病息災エージェント

集英社文庫

恩《おん》はあだで返《かえ》せ

2007年4月25日　第1刷　　定価はカバーに表示してあります。
2021年5月15日　第7刷

著　者　逢坂《おうさか》　剛《ごう》

発行者　徳永　真

発行所　株式会社　集英社
東京都千代田区一ツ橋2-5-10　〒101-8050
電話　【編集部】03-3230-6095
【読者係】03-3230-6080
【販売部】03-3230-6393（書店専用）

印　刷　凸版印刷株式会社

製　本　加藤製本株式会社

フォーマットデザイン　アリヤマデザインストア　　マークデザイン　居山浩二

ISBN978-4-08-746148-0 C0193